京都一年
jing du yi nian

只因为这暮春的景色太醉人

京都一年

林文月 著

北京联合出版公司
Beijing United Publishing Co., Ltd.

只 为 优 质 阅 读

好
读
Goodreads

图一
作者夫妇于
秋道太太所经营的"十二段家"外

图二
作者于京料理店外

图三
作者于枝垂樱花前

图四
祇园祭当天作者着"浴衣"留影

图一
银阁寺

图二
东寺金堂

图三
东大寺大佛殿

图一
京都的艺伎

图二
桂离宫庭院

图三
祗园祭前夜展

秋道太太心爱的
傀儡人形净琉璃

图一
枯山水

图二
瑞峰独坐亭

图三
银阁寺向月台、银沙滩

图一
歌川丰国《三代目泽村宗十郎与二代目岚龙藏》,约1796年创作,绢本设色

图二
空海的画像

图三
喜多川歌麿
《江户的花娘净琉璃》

日本风筝上所绘的歌舞伎图样

图一
奈良正仓院

图二
修学院离宫,中御茶屋

新新版序

兼怀悦子

　　近日重读了三十多年前所写的有关京都的文章。重读《京都一年》的心情,是颇为复杂的。

　　许多事情的细节,由于旷时久远而几乎淡忘,但是灯下追逐当年十分认真记述的文字,那些以为淡忘了的往事,竟又都一一回到眼前来,历历如新。

　　一九六九年的春季某日上午,在家忽然接到系主任屈万里先生的电话。他说中文系争取到台湾科学委员会给予同人至日本访问研究一年的机会,访问者需具备两个条件:通晓日语,年龄小于四十岁。"看看我们系里,只有你合乎这两个条件。很不容易争取到机

1

会,你考虑考虑吧。"

那年我三十六岁,任中文系副教授。屈先生是我尊敬的老师,大学时期选修过他教的《诗经》,旁听过《尚书》,深知他表情严肃,实则极关怀学生。

半年以后,我申请到京都大学人文科学研究所的外籍研修员资格,只身赴日,生平第一次在异乡独居一年。我的正业是撰写中日比较文学论文《唐代文化对日本平安文坛之影响》。那是我以最严肃的态度,埋首"人文"图书馆的书堆里完成的工作。至于《京都一年》,则是我的课外副业,却也是以同样严肃的心情,以京都为中心所展现的景观文物、风俗民情等对象的探索察究结果。我的论文撰写,是在平日周一至周五,至于散文杂记主题的追寻和写作,则多于周末假日为之。那样的安排,使我在京都一年的生活变得充实有趣,并且正业与副业之间产生了相辅相成的功效。

京都,古称平安京,正是平安时代奠都所在地,也是古日本政治和文化的中心。我周末假日四处寻幽探胜,本来是为了散文题材之追索,不意亲眼见到的文物景象,将历史记述和古典文学的许多内涵,从平面的图书文字鲜活地转化为立体具象的世界了。

三十六岁的我,身心俱处于最佳状况,而第一次在异国独居,不免对许多事物都是好奇的;不仅好奇,而且有一种属于年轻时期的勇气和认真，凡事不畏艰难，必要追根究底。我阅读了许多有关京都及其近郊的名胜古迹介绍书籍，按图索骥一一探访，保留所有参观过的说明书和相关资料，又利用"人文"图书馆内的丰富藏书，追究事物的历史因缘和脉络。

其实，好奇也表现在实际的生活方面。于今回想起来，十分庆幸当初没有住进国际学人会馆，而选择了图书馆附近左京区的民宿，朝夕得以与京都的寻常百姓接触。我结识各种身份、不同年龄的朋友，他们都是非常善良热心的京都人。我向他们学习京都的方言，用他们所熟悉、习惯的日常语言沟通，消除了距离隔阂，得到了可贵友谊。我能够在短短一年里走进当地的传统、民俗生活的多种层面，实有赖那些朋友真挚的指点与帮助。

在那些朋友当中，秋道悦子与我是忘年之交。我初抵京都之日便认识了秋道太太，滞留期间，她似长姐若母般地关怀照拂我的生活，陪伴邀约我去赏览京都的一切。在结束访问旅居生活之后，我们仍有书信往来维系友谊。其后，遇有机会旅行或开会暂访，我总是设法预先与她安排会面聚叙，见面总是有自然涌现、说不完的话题。无论见面或书信，悦子都坚持要我称呼她"お悦はん"。那是依照京都人古老习俗的昵称。"世上没有几个人这样称呼我的。"她说。"如非我前世是中国人，便是你前世是京都人。"她又说。

3

在《京都一年》的许多篇章里，我都提到她，即使未提及，每一次重读那些文字时，都令我回忆实际与她结伴共赏的往事细节而感到温馨美好。

时光荏苒，我们的友谊维持了三十余年，毕竟有些兴致已未能如往日浓郁了。上一次见面，是赴东京参加学会。我多停留两天，去京都和悦子聚叙。时值暖春四月，悦子特别订购了两张京都春季盛事"都舞"的门票。我们又一度并肩观赏了那华丽的传统舞蹈，一如三十年前。

然而，年华飞逝，有些事情究竟非同曩昔。

观赏过浪漫优美的"都舞"后，我们原来想沿着那条古雅的石板小径漫步，再去那家老店共进晚餐，重复从前的记忆，但是，步行未及半途，悦子觉得疲累气喘，难以为继。"我真的老了，走不动了。"她表情腼腆地说。遂改由我招呼一辆出租车送她回家，也取消了晚餐之约。

夕阳满天，目送着悦子颓然消失于那一扇木门之后，我乘坐同一辆车回旅馆，心中有说不出的伤情。

翌日上午，离开京都之前，接到悦子的电话，再三为昨夜之事道歉。她凄楚地说道："不中用了。都快八十岁了呢！"那京都腔之中，含带着某种怆恻。"老朋友是不必为这样的事情道歉的。"

我安慰她，并许下再会之约。

那是悦子与我的最后一次会见。

三年前的深秋午后，骤然接到悦子的长子打来的长途电话。那中年的男人，我未曾谋面，却泣涕哽咽地说道："我母亲心脏病发作，于一个多月之前辞世。我们直到今天才在她的遗物中找到您的通信处。联络迟了，真是对不起。"

老朋友不辞而别，也无须道歉。只是，当时我眼前忽焉觉得一片虚白。

我选了一张素雅的悼念卡片，最后一次郑重地书写"お悦はん"——那个悦子坚持的我对她的昵称，作为送别之辞。又附一短笺，请她的家人把卡片留在悦子的遗照下陪伴一些时间。

我航空寄出的卡片与信笺，于两个月后原封不动退回来了。信封上印盖着左京区邮局的戳记"查无此人"。

难道悦子的家人把那栋风雅的房屋处理后迁移了吗？我的悼念竟迷失方向，无由传递。今后若再访京都，也将无由追寻往日的轨迹了吗？然则，岁末的歌舞伎、盛夏的祇园祭、吉野的樱花、高雄的枫红、知恩寺斜坡的夕照、十二段家"紫之间"的浊酒……一切的记忆，难道都将如浮萍漂漾不可把握了吗？

而今，只有文字留存下来。许多发生过的事情，看似消失无踪，实则仍有迹可循。

这些文字，代表我曾见证过的京都的一些人和事。或许，京都在其时间的洪流里，也会容纳我这些微渺涓滴的吧。

我愿以这新版的序文献给お悦はん。相信她能看得懂我书写的中国文字，也能领会通过这些中国文字，我所表达的对她的思念。因为她的前世必然是中国人。

《京都一年》是我的第一本散文集。这些三十多年前的文章，当初是在林海音女士主持的《纯文学》月刊陆续登载，其后结集成册的。《纯文学》停刊后，改由三民书局重新排版出书，文字与图片皆依原样，我曾另写一篇新版序。此度三民书局为此书再次排版，颇添增一些相关照片，以供图文相佐之用。日本近代作家谷崎润一郎曾以三十年时间译注古典名著《源氏物语》为现代日文而三度重版，其最后版本称为《新新译源氏物语》。此前我既已有新版序文，就让我借用谷崎氏例，称此文为"新新版序"，以为之区别前后吧。

二〇〇七年春日

图一
作者，摄于万福寺

图二
作者写作《京都一年》时的京都住所

新版代序

深秋再访京都——
《京都一年》

从二楼明亮的落地玻璃窗望出去，北白川通的街道看起来有些阴寒，有些苍凉。

十一月底，不知该称为深秋还是初冬？这么寒冷。街上往来行走的男女都竖起衣领，或者谨慎地用一只手按住大衣的下摆，以防被迎面吹袭的冷风扬开。大概还是称作深秋妥当些。街道上成排的枫树枝梢尚有残余的红叶颤抖着，而吹向两旁沟渠低洼处的银杏落叶，间歇地在水泥地上刮起黄色的枯索的声音。日本人称这种秋冬之际把树木吹枯的冷风为"木枯"（音 kogarashi），确乎有道理，而且饶富诗意。许多年以前，独居京都东北区的北白川通一隅时，曾见到街头张贴的法国电影海报，沉暗的色调中有一对不甚年轻的男女，片名译为《木枯の吹く街》。犹记乍见这片名时，心口无端涌起凄迷欲泪的感觉。为那片名所吸引，一个人去欣赏了那部法国电影。而今，电影的细节已忘记，法文的片名也不怎么清楚，就是忘不了日译的凄美文字。每一念及这名字时，也总不免于当初那种无端欲泪的感觉。

枯叶落地，碰触石板路的声音，其实在更久之前的记忆里已有印象。大约只有七八岁的年纪吧，那时每天上下学必经的上海虹口公园北四川路一带，人行道外侧壮观的巨大法国梧桐树，在秋冬交替的时节，也总有风吹叶凋。大片成堆的梧桐枯叶，随风刮过地面，沙沙作响。"沙沙"，这样的拟声词，其实是后来读了许多中国文学作品后才习得的，未必与童年时期听见落叶声的感觉完全吻合。当时幼稚的心灵究竟是怎么接受那种声音的呢？已不复记得，时隔多年，沙沙作响的枯叶拂地之声，在我懵懂的年纪里初次留下几近怅惘的感觉，始终不能忘怀。

从二楼咖啡座的这个角度望出去，这一带的建筑物，与二十多年前相比，仿佛未变，却又似乎有些变化。

记忆里的干洗店仍在原处，西药房毗邻而居，依旧是在同址，至于其余的小书店、钟表店、杂货店和男装店等，也都依序

——是往日的排列方式。当年便是从银阁寺道步行数十步到北白川通，然后走过这些熟悉的各种店铺，到了号志灯下暂停，横过斑马线，再穿进东小仓町，便到达古老的京大人文科学研究所图书馆。

到底是什么地方改变了，致使我有一些异样的感觉呢？我搅动着杯中温热的咖啡，试图解释这异样感觉的原因。

无云而干寒的蓝天在我视觉所及的上方。从二楼的咖啡馆俯视，对面街上那些底层的店铺排列如故，显然，所有建筑物似乎都较往日加高了些。我终于明白，方才走过时依稀如故的许多店面，其实大部分都改建过了。那些原本是平房或老式二层楼的洋房，如今都已经被三层楼，甚至六七层楼的坚固新式建筑物所取代了。若非坐在这对街的楼上，仅凭辨认老店铺是不容易察觉京都的变化和发展的。

实则，我靠窗而坐的这家咖啡馆，二十多年前岂不也只是北白川通与东小仓町转角处的一家平房小咖啡馆吗？犹记得第一次走进这精选咖啡豆和讲究调理方法的小店，是人文科学研究所的敦煌学专家花枝教授引领而来。推开以世界各地的咖啡豆镶嵌在双层玻璃中的大门，浓郁的咖啡味扑鼻，也混杂了一些座中客人的纸烟味，而客人则多为京大的教授及学生，盖以地理之故。他们在那温暖而略嫌狭窄的咖啡馆内，往往继续课堂或研究室内的话题与谈论。

二十余年的时光流逝。当日的小咖啡馆竟变成了七层楼有电梯的现代化建筑物。底层专卖各种品牌的咖啡豆及磨豆、煮咖啡等相关用具。二楼之上更有数层楼，也不知作何用途？至于我所坐的这二层楼，大概便是以前那个众人拥挤、烟雾腾腾的咖啡室吧。而今宽敞明亮整齐，甚至有些高雅，但似乎缺少了些什么。缺少的或者也包括了昔日那些衣着不讲究，喜爱严肃地高谈阔论的一群人吧。往日的学生们，或者已经成了学有专长的教授，或者收敛了年少时的意气风发而改走他途，至于那些教授和学者呢？

没有人告知花枝教授的消息。当年答允做我名义上指导教授的平冈武夫先生已于去岁作古。他晚年逐渐丧失记忆，在安养院度过若干年。去世后，竟连"人文"的后辈学者都不知道其遗骸埋葬何处。我此次再来京都，最大的心愿是趋赴墓地或寺院献上一束鲜花聊表心意，也由于叩寻无门而终未得偿所愿。

稍前去访"人文"，经过平冈教授的住宅。从细格子门的缝隙间望入，曲折的石板小径通往玄关木扉，松树与细碎的枫叶依旧苍劲古雅，而门旁的石灯笼也看不出变化，格子门上方白灯上，犹见墨痕斑驳的"平冈"两个字，但二楼的玻璃窗有白帷深垂。那个阳光照射的书房，曾经是我造访请益讨论学问的地方。屋主人不在

11

了，满室书籍也不知如何安顿？热泪不禁沿着冰凉的双颊流下。我深深一鞠躬。平冈先生，无论您在何方，请接受这虔诚一拜。

从平冈教授的故宅继续前行右转，约莫数分钟步程，便到人文科学研究所图书馆。黑色瓦顶，淡黄墙壁的二层旧洋房，庄严苍老如往昔，连庭中草树以及石阶上的苔痕都似乎像时光停止一般丝毫未变。大门前有一告示牌，用日文书写"闲人免进"一类的字样。二十多年前，我曾是这里的外籍研修员，日日进出此地，当非闲人，遂未加思索地登阶入内。

即使在晴朗的秋日午后，那大厅也还是晦暗如故。践踏日久而看不出图案的地毯，其上一组分辨不出原来色泽的灰沉沉大型沙发椅，四周玻璃柜内的出土古器物、壁上两幅古典的油画，二十余年来维持着不变的样貌与组合。没有生命的物体虽也有新旧之分，但陈旧到了某种程度，似乎也就停留在那个陈旧的地步了；与物相比，人的生命何其脆弱！

我悄悄地行走在四合院式馆内的走廊，一一检视各个研究室的大门上悬挂着的名字。全部都换了新的主人，认出其中有几位是当时室主的助教。原来在室内皓首穷经的学者，或已亡故，或已退休，然而学术的薪传幸赖后起之辈的承袭。每一间研究室内，谅必是书籍和资料堆积杂陈，大概还增添了一些计算机等新装备吧。走过日影斜照的陈旧回廊，我的心情反倒有了一种欣喜的感动。

走回到晦暗的大厅，拾级而上。楼上的阅览室内，桌椅的摆设略有别于过去，较诸往时有些拥挤，显然是来此参阅的人更多的缘故。"人文"的建筑物虽古旧，甚至有些落伍，它在世界汉学研究领域内的地位却历久不衰。每年自日本各地及全球各国申请来此短期或长期研究的学者颇不少。

阅览室和书库的管理员，当然不再是以前那位温文儒雅而热心的中年森先生。从窗口看出去，有两位中年女性。一个高些，留短发；一个矮胖，戴着眼镜。我向戴眼镜的女管理员出示名片，并且说明来意。她仔细地阅读名片上面的每一个字，忽然眯起眼笑着说："啊，我记得您。这三个字好美哟。那时候，我还很年轻，坐在那边。"她指着室内的一个小角落。

是的，那个时候，大家确实都还年轻啊。

我随便浏览了层层堆积却排列有序的书库。暖气似乎无法完全传送到库房内。阴寒，而且有一种属于旧书的气味。什么人躲在书堆中的另一隅，连续打了几个喷嚏。我旋即出库，向那位记得我名字的女士道谢辞别。临走时，她礼貌地一再鞠躬，并道："欢迎您随时再来。"

深秋的午后，气温转变得很快，薄呢的外套有些不耐寒风。我在街角的公共电话亭打了一个电话给秋道太太，相约在这家新改建过的咖啡馆见面。

二十余年前，和秋道太太认识，又别离。许多年以来，只要有机会到日本、到京都，我们总设法忙里偷闲地相会。她总是用绵绵温婉的京都腔调诉说自己的一些近况，以及许多相关的人事变化给我听。

我且坐在这一大片明亮的落地窗前啜饮着香浓的咖啡等待，并且眺望着满街飞舞的红叶、黄叶和往来匆匆的行人。说不定，下一刻就会看见秋道太太从对街走过来。

不知道这次她坐在桌子的对面，会同我娓娓叙述别后的一些什么呢？

一九九五年岁暮

自序

前年秋天，我经中国台湾科学会遴选赴日研读比较文学。我的环境一向单纯，生活也始终顺遂，事事依赖惯了别人，所以当我决定要飞渡重洋到异国过一年单身的生活时，心里委实有些不安，更如何舍得抛下年幼的一双儿女？若不是外子鼓励"去吧，这是磨炼你的好机会！"，我也许会临时放弃的。

在京都大学人文科学研究所附近觅妥一个日式小房间后，便开始了有生以来的第一次孤独生活。起初，终日凄凄惶惶，不知所措。白天到图书馆埋首书城，尚好打发时间，可是，傍晚时分回到六席的斗室里，心中常有千万缕乡愁升起，难以抑制。那二楼的房间面临着"疏水石桥",秋寒之夜,隔着窗听潺潺的流水声,真是说不出的寂寞难耐。异国的黑夜那样漫长,我把自己锁在房里,面颊上的泪痕总是冰凉凉的。为了消磨独处的无聊,我取出稿纸,弄笔自娱。果然,当人的精神专注于某一事时,时间就好过多了。我把一分一秒填进了方格子里,于是不再去细听窗外的风声水声,也忘了寂寞无聊。常常写完一个段落停笔时,已过午夜了。

我写些什么呢?庆幸自己选择了京都这个罗曼蒂克(浪漫)的古城,她四季有那样多的风貌,终年有那样丰盛的节目。我不会摄影,只能将眼睛所看见的、心中所感受的,收入笔底。我走出房间去捕捉京都的美好,发现她像一个风情万种的少妇,接触越多,越体会到她的可爱,使人深深迷恋!

我逐一寻访京都及近郊的亭台楼阁、古刹名园,趁记忆未退,把心中的印象记述下来;我也好奇地把握京都的节令行事,将那些异国情调所带来的感动忠实地保留在字句里。开始时,我把这些耳闻目睹的事情写下,在《纯文学》杂志发表,只是为了打发那一段独处的时间。连续刊登了几期以后,写这种游记杂文竟好像成为我在京都的一部分重要工作,也成为我四处出游寻找题材的一个推动力,而每月能定期地在信箱里拿到从台湾寄来的那一本杂志,也实在给了我莫大的安慰,治愈了我的思乡病!有几回,因为赶写论文较忙，几乎中途辍止，但是主编林海音女士一再来函催促鼓励，而我自己似乎也本着一股"运动员精神"，愿意贯彻始终，所以生活、工作无论如何繁忙，也总是每期按时寄回稿件。去年四五月时我最忙，一方面要准备在神户举行的"东方学会"讲演，另一方面又得接待许多去大阪参观万国展览会的亲友。记得有一篇稿子的结尾部分，是在由京都赴东京的新干线电车内写成的。

我住在京都的时间其实只有十个半月，但是到京都时正值秋末，而离开时则在残夏，京都的四季变化和节令行事，算是都经验过了。这本书里的文章大部分正是我在京都这十个半月中所写的，《京都的古书铺》前半部分是在京都写的，后半部分是回来后完成的；最后二篇则是返台后觉得意犹未尽而补写的，也都与京都有关。文章的编排仍依一年多来在《纯文学》发表的先后顺序，所以我把这本书取名为《京都一年》。一年来，我所看到的京都风物当然不只这些，例如我写《岁末京都歌舞伎观赏记》，而观"能""文乐"和"狂言"时所感受的并不下于"歌舞伎"；我写《访桂离宫及修学院离宫》，京都还有更多寺院庭园值得纪念；我写《我所认识的三位京都女性》，在京都认识的女性又何止她们三位呢！这些，也许留待以后再写吧。回想刚到京都时，孤零零没有一个熟人。有一次乘电车下错车站，迷失了方向，在万家灯火的街头徘徊，当时心中无限凄凉，恨不能插翅飞返。一年来，京都典雅的气氛和优美的风光深深吸引了我，而我又结识了一些新朋友，他们的友谊真挚可贵。这一切，都使我对京都不能忘怀。我原想到一个陌生的地方去磨炼自己，使自己变得坚忍起来，没有料到在"京都一年"，掬回来丰富而美丽的回忆和友情，使我更肯定人生是美好的。

一九七一年元月二十八日记于台北寓所

京都一年

鉴真与唐招提寺 098

祇园祭 112

京都的古书铺 128

吃在京都 139

我所认识的三位京都女性 157

京都『汤屋』趣谈 175

『京都一年』以后 184

目录

CONTENTS

奈良正仓院展参观记 001

京都茶会记 013

岁末京都歌舞伎观赏记 024

访桂离宫及修学院离宫 034

京都的庭园 051

空海·东寺·市集 062

樱花时节观都舞 073

神户东方学会杂记 086

奈良正仓院展参观记

在十一月初旬一个干燥而晴朗的日子里，我陪同平冈教授的夫人，赴奈良参观当地国立博物馆举行的一年一度的"正仓院展"。这是相当辛苦，但是精神上极丰富而愉快的一次旅行。

这一天上午九点半，我们从北白川通的京大人文科学研究所出发，由于天气晴朗，又逢假日，街上游人特多。那辆比台北市的公共汽车短三分之一的京都市营巴士，沿站容纳了不少候车客，把车身胀得鼓鼓的（至少给我的感觉是如此），到达终点的京都火车站时已是十点钟了。平冈教授一再吩咐不要在奈良吃馆子，上观光区的当，所以我和平冈夫人先去买寿司便当，再去买车票。火车站里里外外都是人，日本人是出了名喜好游山玩水的，他们不会放过任何一个假期，何况这一天是星期日，而次日又是文化之日（十月三日），连着两天的假日，天气又出奇地爽快。我杂在一大堆游客里，无形中也感染了一分兴奋。兴奋的是刚到京都不久就能有这么好的机会去参观"正仓院展"，这是我在台湾时便早已闻知而心向往之的日本古代文物展览。

好不容易挤上了火车，但是早已没有座位，好在那一班是特急列车，沿途只停一站，从京都到奈良只需三十六分钟。我自己站着倒不要紧，让年纪大的平冈夫人也站着，实在于心不忍。不过坐在眼前的一位男士并无意让位给老太太，我只好接过水壶和寿司便当，尽量让她减轻负担了。平冈夫人半辈子为相夫教子辛劳，如今儿女都已成长，各奔前程，生活顿觉轻松，所以颇有意安享老年，各处游玩，以弥补青春时失去的游赏机会。她是一位典型的日本妇女，身材瘦小，谦虚而不失大方，那双深陷的眼睛和因多年操劳而变得粗糙的双手给人一种和蔼可亲的感觉。

到达奈良时，已是响午时分，我本有意先吃了便当再去参观展览，一方面可以消除疲劳，另一方面又可以减轻手提包的重量，可是平冈夫人说趁中午人多午餐时去看比较不挤。老太太不觉辛苦，比她年轻的我岂能叫累？我们有平冈教授的招待券，所以这次不必再排队买票，可以从容进去了。这家奈良国立博物馆的外观稍逊于台北新公园里的博物馆，里面的色调也是暗淡的，但这第二十二届的"正仓院展"使得这栋平凡无奇的建筑物突然活泼起来。虽然是正午，博物馆内的人还是不少，又因为展览的编排是左右互参的，所以看完一件，就得挤出人群，再钻进另一堆人群，真是不胜其烦。后来我们索性放弃依照目录的顺序，看完一排，再到对面去看另一排，这样可以节省时间，也无须浪费精力。最前面展览的是佛教念珠类，有水晶玉、杂色琉璃、琥珀等数种。虽然比起我们外双溪故宫博物院所展的古玉，不见得更具有历史价值，但是我们的古玉是出土之宝，而这些念珠则是一千二百年来相传而刻意保存下来的古物，这一点正是日本人所引以为荣和骄傲的。我们有优美的文字，赖以保存古代诗文，可惜在古器物的保留方面远逊日本人。往年，这"正仓院展"多依类别展出，例如专门展出镜子、剪刀、衣服，或乐器、经文等。很幸运地，今年是多年来破例的综合性展出。虽然因为名目较多，而同类所能看到的件数减少，但是对我而言，能在一次参观中看见全貌之一斑，未尝不是一大快事。馆内严禁照相，仅凭一本目录是不够了解的，我只有尽量挤到玻璃窗前，睁大眼睛，像一个饿人似的饱览一番。

正仓院是日本皇室所有的一座特殊宝库，相传约在天平胜宝三年（公元七五一年，相当于我国唐代天宝十年）即已有之。它与东大寺在历史上有极密切的关系。现今所藏古物，主要部分多系圣武天皇御物，当天平胜宝四年，东大寺大佛（即有名的奈良大佛）举行开眼供养大法会时，上自圣武天皇、光明皇后，下迄百官庶民，无不参与盛会。四年之后，圣武升遐，是岁六月二十二日为帝之七七忌辰，光明皇后即以"先帝玩弄之珍，内司供拟之物"❶供奉

---

❶ 二语见光明皇后御制"奉为太上天皇舍国家珍宝等入东大寺愿文"。

佛前，借祈冥福。其后尚有献纳，亦皆珍藏仓内。往昔正仓院所藏宝物并不对外公开，直到明治四十三年（公元一九一〇年）起，每年曝晾之际，始许有资格者入内观览。至于售票展览，则始于昭和二十三年。

馆内前半部所展出的物品，除上述念珠外，还有念珠箱、剪刀、药壶、药碗（甚至有乌药之属若干条）等器具，形状古拙，形体多完好无损。接着是三数件小巧精致的装饰物，有犀角制鱼形腰饰，有木刻而涂以彩色的水鸟形饰物等，在纯白的绢上玲珑浮凸，皆栩栩如生，使人珍爱，不忍移目。最使我感兴趣的是"人胜残欠"及"桑木木画棋局"。前者为一张长三十三点二厘米、宽三十三厘米的罗。底呈橘红色，四周缀以白线条花纹，犹今之镂空丝花边，中央有一棵树和一小人形，中央左上方并另贴有金箔，上书十六字：令节佳辰、福庆惟新、变和万载、寿保千春。据云"人胜"乃为求除疾疫，繁殖子孙，用彩丝及金箔做成人形，人日（即正月七日）作为赠答之用，可贴于屏风，或戴于头鬟。这本是我国楚地习俗，唐代始传入日本。此"人胜残欠"可证明李商隐《人日即事》诗句"镂金作胜传荆俗"。后者系一具高十五点五厘米、面五十二厘米见方的棋盘。盘架用紫檀木制成而以金泥描木理纹，每一面都留有两个对称的洞。棋局表面嵌以象牙罫线，纵横各十九道，又有木画花眼四十七个。边侧四面各界四格，中现浅红、浅绿、浅黄诸色染色象牙浮雕之雉、雁、狮、象、驼、鹿及胡人骑射、牵驼诸形象。"木画"为唐代美术工艺，观此棋局所现浮雕人物，可想见唐人酷嗜西域的趣味。此局乃百济王义慈进于内大臣镰足者。唐代棋局之制，今世不甚明悉，明胡应麟曾据唐人咏棋"十九条平路"之局，疑唐为十九道，观此局罫线可以为证。

有两排橱窗里所摆列的都是乐器类，有吴竹笙、吴竹尺八、斑竹横笛、乐矛及新罗琴等，形状大体完好。这些乐器多属唐乐系统，看着它们，可以想见千余年前歌舞升平的景象。想到我们的祖先如何以其优越的文化影响于日本，而今我们却要跑到别人的国度里来追念前人文物，心中不能不感慨！

馆之中央部分展列着古代武器——刀、矛、弓以及马鞍等。不可思议的是革制的马鞍，其附属之皮带等物，竟和今日所用者相差无几。我曾听见一对年轻的男女在感叹："那不是跟我们现在的皮带一样嘛！"有一段御用甲的残片，长约七八厘米。虽然只是几片生锈的铁片和残断的线索，却已足令人发思古之幽情，想见马上英姿、驰骋沙场的情形了。在中央最显著的部位供奉着"天平宝字二年十月一日献物帐"，这是一卷当年光明皇后奉献其父藤原不比等一对真迹屏风于东大寺大佛时的目录。上有"妾之珍财莫过于此"等字，可以想见她曾经如何珍惜那一对屏风，可惜屏风本身已失传了。

与皇室御用物成对比的是几件当日庶民所着的麻布衣服，有男女亵衣、外衣及裙、裤、布袜等，都宽大惊人。平冈夫人悄悄地告诉我："我们的祖先都是这般高大，莫非是我们萎缩了？"真的，如果以现在一般日本人的身材来穿着这些衣服，行动必定很不方便呢。

展览的最后部分是字迹类，分地图、实录和佛经三种。地图类系东大寺开田地图，以南面置于上方，记载着地名及面积大小，且绘有沟、道，下左方有算师，绘制者某僧之署名。字迹相当清楚，一目了然，是研究奈良时代东大寺庄园的宝贵资料。实录类为国库中宝物点验时之目录。宝物之点验多在曝晾之际举行，大体依献物时间的顺序记录。除卷首部分稍有破损外，其他都相当清楚，可以看出平安初期宝库的状态。这次展出的"人胜残欠"的由来亦可在此追源。佛经类又分手写部分和版印部分，皆清晰可观。据说正仓院圣语藏纳有经典类七百八十三部，凡四千九百余卷。其中写经有隋经八部二十二卷、唐经三十部二百二十一卷、光明皇后御愿经一百二十七部七百五十卷、称德天皇御愿经一百七十一部七百四十二卷、其他天平写经十三部十八卷、天平胜宝写经四部五卷、天平神护写经一部三卷等。从平安至镰仓时代写经总计三百八十部二千三百二十八卷。版经有宽治二年刊经一部八卷、宋刊经十二部一百一十四卷以及其他四十部七百五十七卷。此外，更有《老子》《白氏文集》等杂书类十五部十八卷。换言之，即隋唐经典以下，奈良、平安、镰仓各时代藏经之中，无论在质还是量的方面，都是其他诸大寺或诸大家之珍藏所不能相比的。

看完全部展览后，本想从头再浏览一遍，但是眼看那越来越汹涌的人潮，只好打消此念。走出博物馆，我们就在附近松树下的绿茵上铺了平冈夫人预先带来的塑料布，脱下皮鞋，席地而坐。从水壶里倒出微温的茶，打开寿司便当，开始享受纯日本式的野餐。十一月初的奈良是一年之中气候最佳、景色最宜人的时节，阳光当头而不炽热，举目尽是丹枫黄杏。我们谈笑着，分享一顿朴素而情调丰裕的午餐。

饭后略事休息，即踏上此行的第二个目标——东大寺。本来应该先去看正仓院宝库，这样对刚才所看的展览才能有一个完整的概念，但是因为顺着路走下来，先到东大寺，所以我们也就不必太拘形式了。外国学人东游日本，莫不以一观奈良正仓院展为荣，而来到奈良的人若不瞻仰大佛，也是一大憾事。踏着碎石子，我们来到大佛殿前。殿前有一个八角形铜制灯笼，上有浮雕。在灯笼之后有一个大香炉，香火不绝，烟丝袅袅，看到男女老少都用双手掬取那烟丝，覆盖头顶上，相传可以使人变聪明。果真灵验，那正是我所希望的，所以也就赶紧仿效别人，将烟丝掬盖在头上，心中默念阿弥陀佛。

一千二百多年前，奈良朝廷为统治天下、巩固人心而推行佛教，普设佛寺。东大寺便是在当时有计划的经营下，倾国财富而建造成的一座雄伟寺院。仅就其大佛而言，便已耗费了铜十三万三千一百一十贯（一贯等于三点七五公斤）、锡二千二百七十一贯、炼金一百一十七贯、水银六百六十贯、炭一万六千六百五十六石。可以想见佛教之推行是建立在何等的劳苦之上了。这座世界最大的木造佛殿曾遭源平时代（公元一一八〇年）及战国时代（公元一五六七年）两次兵火，现存的建筑物系元禄时代（公元一七〇九年）再建。东大寺外观古老庄严，呈双重式屋顶，顶上有一对金色鸱尾闪闪发光。大佛坐落在殿中央，高十六米余，据说从铸造至镀金，费时共达十三年。从底下瞻仰，尤其能令人起肃穆之感。我观大佛，以为那是揉合着宗教与艺术的伟大结晶。那一双手的造型特别美妙，吸引我最深。大佛坐在莲瓣台上，这座台是兵火下的唯一残余物。用望远镜看，可以看见上面细致的雕痕。大佛的背后呈圆形放射状，上有十六尊金色的化佛（佛之化身），与前面黝黑的大佛对正成一对照。大佛四周有圆柱围绕，其左后方者，下有一洞，我看到许多大人、小孩匍匐而过。相传经过此洞，可通往极乐世界，因为洞口不大，所以太胖的人恐怕要先行减肥才能通过。在大佛身后左右各有一尊"密迹力士"及"金刚力士"，形象十分可怖。二王像之背后，门的内侧各有一犬像。此四座像皆系石雕，而二犬像是镰仓时代渡日的宋人伊行末、伊行吉的作品。

走出东大寺，拐弯向后走一段路，便到了正仓院宝库。我第一眼就被那奇特的建筑法吸引住了。这座正仓院由北、中、南三区组合而成，即世所谓之三仓。表面上仅是一朴素无饰的"校仓"❶而

---

❶ "校仓"为森林地带中之一种木舍，中国云南、俄罗斯西伯利亚、欧洲瑞士等处之山岳地方亦有之，唯日本式之"校仓"屋基最高，为其特异处。

已，但南北两仓均以三棱形木材纵横叠积而成，利用木材对自然湿度变化之反应，天气干燥则缩紧而木材与木材之间可有缝隙，使干风流通；天气潮湿则膨胀而木材与木材之间自然封闭，是以湿气不能侵入，加以下承石柱，整个仓库建筑离地约有九尺高，故下面可以通风。千百年前东洋的古文物得以安然无损保存至今，实有赖于此"校仓"之效果！中仓建筑法与南北两仓不同，所用之木材为方板，据云乃后之增设者。三仓创建年代，虽无法确知，然此仓库原为东大寺之宝库，大约在天平胜宝三年大佛殿落成之时，为容纳寺宝关系，即已有之。我们去的时候，正值"正仓院展"期间，特别开放正门，供游客参观，但距建筑物前约十米处设有绳索，所以不能走到跟前。如今这座古老的建筑物本身已成了历史的陈迹，专供参观，而里面的宝物已迁至附近一所新建的钢筋水泥仓库里。不过日本朝野颇有人怀疑，新式建筑物是否确能比千余年来的古老建筑物更有保护古宝的效果？他们持此怀疑论的理由是：千余年来事实已证明了"校仓"的特殊防潮效果，而水泥的抗湿能力是十分薄弱的，他们甚至认为即使干燥机亦未必能发挥太大的功效，而宝物之迁入新库，唯一值得告慰的仅是能逃避火灾及雷劈而已。听到他们这种说法，我想起若干年前台北故宫博物院的宝物从雾峰那简陋的仓库搬到外双溪的博物院，并没有受到什么指责，大概是我们没有千余年历史的"校仓"的缘故吧。

这座一千二百多年来鞠躬尽瘁，如今已退休的正仓院宝库，像一个老而弥壮的人屹立在我们眼前，令人肃然起敬！虽说日本宫内省为了防备火灾会造成宝物的损害，而特别新建了仓库，但一千多年来，这所木造之屋竟能逃过种种天灾人祸，而安然保存了日本国宝，却是一件不可思议的事。在宝物未迁出之前，虽然"校仓"自有其独特的防潮效能，但日本官方对这批无价之宝确实也尽到最大的保护职责了。据所闻：历代以来，这个高架的仓库，平时严扃，每年仅于十一月初旬（由于奈良为一盆地，平时潮湿多雨，唯有十一月初，气候干爽），临时仓外设梯升降，由天皇特派遣使者拆封，开启库门，进入库内。清点宝物，顺便使之通风曝晒，点验完毕，再行封锁。第一次曝晒在延历六年（公元七八七年）。起初以点验宝物品目、数量为主，而曝晒为次；如今则以曝晒为保存之途，所以利用"御开封"的期间，一方面聘请专家进行检验通风、更换防虫剂、上油等保养工作，另一方面则趁此机会陈列部分品目，供人参观。

这天，我们只能由正面观看正仓院，所以费时不过十分钟左右。这座曾经是天然木材素白色，如今因年代久远而变成黝黑的朴素木屋，衬着远近深浅的红叶、黄叶，给我的印象是永久不能遗忘的。看完正仓院，绕过背后的墙走出来，太阳已经西倾了。在柔和的斜阳下，有鹿群散步在园中，奈良公园的鹿闻名遐迩，这些不受围栏拘束的鹿是游客的宠物，园内有人出售鹿饼。听平冈夫人说，观光的淡季里，只要有游客来到，鹿群便从四方目光炯炯地围拢来，互争游客手中的饼。但是这几天来，游客太多，鹿已吃腻了饼，再香的饼也吊不起它们的胃口了。我看到一只小鹿拒食女学生的饼，掉头而去，也看到三三两两的鹿懒洋洋地躺在水池中央的小岛上打瞌睡。是过多的游客使它们厌烦了吗？在浅谷中，有一对鹿两角相抵，互相摩擦着。我这才发现所有的鹿头上的角都是短的，像是刚走出理发店的人一般不自然。平冈夫人告诉我，在每年十月下旬里，此地要举行给鹿锯角的仪式。由两三个人拖住鹿身，一个人拿着锯子，把鹿角锯下，否则过长的鹿角会变成武器，伤害游客。想起《史记·滑稽列传》优旃讽谏秦始皇的一段话❶，于此得一应证，可知斯言不虚。锯下的鹿角多制成标本，或加工成为烟斗等纪念品。至于锯鹿时掉下来的粉末，则预先用纸接好，可以入药。只因一年之中气候难得如此爽宜，许多仪式行事都集中在这个时候，奈良之秋，堪称是"多事之秋"啊！

在眼睛忙着看、心灵忙着享受的时候，疲劳与我们远别，但是等到看完、享受完，踏上归程的时候，它却紧随着来到。奈良车站和来时的京都车站一样，到处是红红绿绿，人山人海。我们想买订座的车票，可惜窗口早已挂出客满的牌子。失望之余，走回去排队，偏又遇到普通快车。车门一开，秩序大乱，有办法的人先

---

❶ 《史记·滑稽列传》："始皇尝议欲大苑囿，东至函谷关，西至雍、陈仓。优旃曰：善！多纵禽兽于其中，寇从东方来，令麋鹿触之足矣。"

抢到位子坐下。此情此景，与在台湾时并无二致。抱歉的是平冈夫人也陪着站在拥挤的人群里，而我却丝毫无能为力。四五十分钟的路程像是一条漫长的路。我们再也没有交谈，为的是节省一点体力消耗，可是仍感觉到自己体重似乎越来越增加，双足几乎不能支持了。算算从早晨九点半出发，到现在已有七八个钟头，其间除吃午饭时休息了约莫半小时外，其他时间不是走着，便是站着，怎能不累呢？从京都火车站换乘慢吞吞的有轨电车时，总算有了又软又暖的红丝绒座位。我们把身体尽量放松，享受了几小时以来的奢侈的"坐车"。听着那叮叮的声音，差点儿睡着了。

把平冈夫人送回家，再折回距离不到五分钟远的住宿处时，天已经完全黑了。走进六席的房间，有一股深秋的寒意袭人。这儿不是我的家，这里面没有亲爱的家人在微黄的灯下等待着我。我孤孤单单地听着自己的脚步声，登上这二楼的小房间。扭开了那四十烛光的日光灯，心里意外地有一种安慰的感觉。人总是要有一个属于自己的小小的巢啊！

京都茶会记

深秋的京都，早晚虽然寒冷，但白天大致晴朗，而丹枫黄叶与远山相映，风景特别宜人，所以各形各色的聚会最多。来此不久的我，对日本古都的一切都怀着很大的好奇心，于是承一位茶道老师的好意，我有幸在同一天里参加了两次茶会。

早上九点半，我们步行到京都市东区的银阁寺茶会场。在进屋玄关处有一收费处，每人缴纳三百日元的茶会费，即可脱鞋入内。走过曲折的回廊，来到一间候客室。茶道老师在纸门边跪下，轻轻拉开纸门入内，我也跟在后面膝行而入，随手掩上纸门。只见室内已有几位中年妇人，都穿着素雅的和服，围着炭炉轻声谈话。茶道老师马上跪着行礼，并和大家寒暄。这时室内的所有人也一起低头行礼，大家口中念念有词，所说的内容无非是"天气变冷了，请多保重""久未相见，家中大小可好？"之类的话语，但是几个人同时说出，只听见一片嗡嗡之声，根本分不出谁说了什么。日本人似乎早已习惯此道，彼此之间未必听得见对方所说，即使听不见也无妨，因为内容范围是可想而知的，所以大家只管自说自话，一时间屋里几个头，此起彼伏。我虽然不认识别人，也不会那一番客套，却也被当时的气氛感染，所以也跟着把头低下，久久才敢抬起。寒暄既毕，就移到上面，参观茶会主人所用茶器的各种大大小小的木箱，上有墨迹、有图案，可供玩赏。这一天，因为天阴，气温相当低，我脱去了外套后，只剩一件毛衣，背上有一丝寒意袭入，承茶道老师的介绍，大家挪出了一个位置给我，使我僵冷的双手能在炭火上得到一点温暖。日本人很重视客套，日本妇女尤其有赞颂别人的天赋。我听到她们赞颂那些木箱，赞颂主人所插的花，甚至赞颂那烤火的炭炉——一具用整个木材刨出木心所成者，以及彼此之间相互赞美所着衣服之名贵讲究。整个房间之中，唯一没有受她们赞颂的，恐怕只剩那张大家所坐的古旧地毯了，因为那一条红丝绒的地毯原先可能很名贵，但年代已久，毛多磨损，并且有几处已露出底来，也实在不值一赞了。

茶会原定九点四十分开始，但客人三三两两来迟，先到的人不得不闲谈等候着，据说这就是所谓的"京时间"，充分表现出日本古都人民的悠闲生活。茶道老师悄悄告诉我，对于茶会，你不能期待它何时开始，或何时终了，因为茶道是一种艺术、一种享受，应该顺其自然。身为一个中国人，我似乎也能了解这种东方式的悠闲情趣。趁着等人的时间，我一边倾耳听那些妇人京都腔调的谈话内容，一边用眼睛仔细观察大家。这房间里，除了我，没有一个人小于四十岁，平均年龄大约是五十岁吧，更有一两位显然已超出六十五岁了。彼此所谈的话题，不是儿女媳婿，便是家中所畜养的狗猫，可见她们在时间和金钱上都相当充裕。在这早晨十来点钟的时候，一位普通的日本家庭主妇该是送走上班的丈夫和上学的孩子，要打扫家，要洗衣服，要上市场采购等最忙碌的时候，她们为了现实生活，不会有闲情逸致来赴艺术的茶会。而这些上了年纪的妇女，她们半生操劳，已有成就，当家的棒子已交给较年轻的下一代，自有充足的理由出外享受社交生活。虽然这是纯属于女性的聚会，但看她们兴高采烈的交谈，可以想见其内心的快慰和满足了。

等了约莫一小时，走廊上出现一位年轻的女孩子，向大家行礼，邀请客人入内。再走过一条长长的走廊，便来到了茶会会场。这是两个相连而中隔纸门的房间，一间做会场，一间则充准备室用。这个会场有十二席大，内部陈设极整洁雅致。三面铺着蓝色地毯，一望可知是为茶会客人而设。对着门的左方有一方形炉炕，上置旧式茶炉，此即茶道主要道具之一。

客人陆续进来，大家争着靠门的下位坐下，互相推让，无人敢居上位。最后公推一位年纪最大的妇人坐在那靠炉炕的上位，大家依次排坐下来，我敬陪末座，在靠门的倒数第四位坐下。因为最上和最后的座位礼节特多，照例都是保留给资历最深的人。放眼望去，一室肥环瘦燕，只是大家都是上了年纪的妇人，所以和服的颜色也都是暗淡而朴实无华的。

待客人坐定后，女主人出现，向客人一一寒暄致意。她是一位五十岁上下的妇人，面貌十分端丽，是一位典型的"京美人"。她那黑色而下摆有花的礼服，衬着细白的肌肤，更显出高贵的气质。茶会开始，由三四位年轻的少女——女主人的弟子，端出各种茶道用具，从茶罐、勺、碗，以至果盘等，由于每人一次只能端出一件或两件，所以大家轮流进出着。她们每个人都打扮得花枝招展，所穿的和服也都是粉红、嫩黄、浅蓝等娇艳的颜色，所以一时间令人眼花缭乱起来，我第一次感觉到和服的美和不可抗拒的魅力。这些少女的出现立刻引起了客人们的赞赏。女人品评女人的眼光是冷酷的，毕竟青春是一大资源，与这些翩翩花蝶似的年轻少女相比，满座客人便显得暗淡无光了。我注意到这些少女虽都穿着和服，走着内八字形的步子，表现纯日本式的作风，但她们脸上的修饰都是很现代的，甚至有一位极可爱的女孩，把那一头卷曲的短发染成了棕红色。在她身上，我似乎看到今日的京都——一个极力想保留传统，却又不可避免地接受现代文明的都市。

用具全部端出后，女孩子们暂时退入邻室，只留下一位正襟危坐在炉前，开始将方巾折叠成小方块，一一擦拭茶具，动作娴雅而熟练，脸上的表情则柔和而庄敬。这时，女主人将果盘端到炕炉边的主客前，客人向女主人行礼后，再向第二位客人行礼致歉，然后用那盘上的筷子夹取一块糯米做的甜点，放置在自备的白纸上，把筷子上粘着的糯米糕用纸巾的一角揩拭干净，放回原位，再将果盘推给第二位客人，如此顺序下递。除了糯米糕外，尚有做成枫叶、松针形等代表季节的糖，也由客人各取一份放在纸巾上。点心取妥后，可径自用手托起纸巾，以自备的小叉食之。据说先食甜点的目的在中和茶性，并以先甜后苦，增加茶的甘芳。在客人享用糕点时，炉前的女孩子已擦拭完毕，开始沏茶。她仍保持不慌不忙的悠闲态度，先用长勺舀取炉中的热水，倒入茶碗中，次将茶筅（调茶竹器）置入碗中，徐徐搅动，此举的目的在用热水温暖茶碗，并使茶筅柔软。其后将水倒出，用方巾拭干茶碗，另用一小茶匙，从茶罐中舀出二匙绿色茶末（茶道所用的是粉末状的茶叶），置入碗中，再冲入热水，然后以茶筅快速上下搅动，直至粉末和热水完全融合而呈泡沫状为止。这是表现茶道功夫的精华所在，既要动作娴雅，又要注意勿使茶末撒出，或水滴溅溢。至此茶已沏好，由主人或其弟子将碗略转两下，使茶碗最好看的部位向外对着客人，以双手递给客人。客人受茶，先向主人致谢，再向第二位客人道歉，然后用双手端起，也将茶碗略转两下，再使上面的花对着主人，分三口半饮尽。饮毕，用右手食指及大拇指拭去唇印，将茶碗置于膝前，然后左右上下地欣赏茶碗，一边赞赏茶的味道，一边又赞颂茶具的考究，不但品茗，且兼鉴赏。有人告诉我，茶道可以学习十年、二十年，甚至持之以恒，用一辈子的时间，其原因恐怕即在此。因为一个人所要学习的不只是做客及沏茶的礼节，同时也包含着茶席之间对艺术鉴赏的问题，而这是一门大学问呢！饮毕，欣赏完，空茶碗即由女主人的弟子收去，交给在炉前沏茶的人。日式茶会并非大家一起共饮，而是一个个顺序品茗的，所用茶碗亦只有一两个，饮毕涮净再沏，所以席间有充裕的时间，宾主之间遂得利用这段时间谈话，然而话题大体不离茶与茶具。客人每好向主人发问茶具之来源，或室内摆设之意义等，而主人则有义务回答客人所问，并以此为殊荣。一只朴质无华的茶壶，可能价值千万，一个小小的饰物，也可能是百余年前的古董，而没有这些排场，是开不成正式的茶会的。可想而知，这是属于部分有钱及有闲阶级的特殊享受了。不过，此间一般较保守的中上阶级妇女多愿花一部分时间来学习茶道，她们倒不是以开茶会为目的，而是认为从那沏茶待客的练习之中，可以培养一个妇女的优美情性。

　　整个茶会的进行是单调、重复而有节奏的，自始至终，费时约一小时，但是第一批客人走后，又有第二批客人在候客室等着，对于做主人的，这将是紧张而辛苦的一天。茶会后，我流连银阁寺，瞻仰这座日本古都有名的寺阁。银阁寺为一四八二年室町时代将军足利义政仿其祖父足利义满所建之金阁寺而经营者。阁分上下两层：下层为住宅部分，供奉观音像；上层曰"心空殿"，设有华头窗及回廊。阁之内外均饰以漆，本欲仿金阁寺（金阁寺内外贴有金箔）而贴以银箔，以之抗衡，惜志愿未遂而身亡，后世遂仍以"银阁寺"名之。今日之银阁寺，其漆已剥落，外观暗淡，已不见昔日之光彩，且寺阁本身规模亦不大。然而庭园设计，以及环境的优雅，颇令人追思当年屋主人费心之一斑。此园进门处以密植树木构成的天然树墙围堵，高达丈许。游人踏石板而入，随处可见高矮丛木，间有细白沙敷道，上面寻痕清晰可见，或呈平行状，或呈放射状，皆洁白醒目，与路两旁的青苔相映成趣。银阁前方，堆沙成丘，状如圆锥而削平其顶。据说这是为当年足利义政月夜赏园时，借白沙反射月光，以照明园景而设的。遥想当年心空殿上设宴，天上的月光与地上的沙光互辉相映，其景其情，必定十分曼妙。后园有曲径通幽，遍地是青苔，有一种苔，较普通苔草长而难栽培。由于京都多雨，此区又近山麓，常年阴湿，故得天独厚，无须照料可自繁衍。园的尽头便是东山之麓，山下气温较低，所以枫叶已经转红，满山红绿相间，十分悦目。在庭园设计之中，这种借山为景的办法是最上乘的。山麓之下有一泓潭，清澈见底，引出涓涓细流，通向园中央的池中。相传此潭即为义政沏茶所用之水，不知方才茶会沏茶所用的水，是否也是此潭中水？

午餐后，略事休息，随即雇车赶赴另一茶会。这个茶会的主持人系京都一大世家的后裔八木先生，茶会会场即设在其宅内。我们的车在面临一条浊水的大宅门口停下，从大门步行入内，只见庭园宽敞，却荒芜乏人照料，那座巨大的日式房屋业已偏废，只有左侧门略见整顿，正门和右侧门前废纸箱、塑胶桶等堆积如山，颇有碍观瞻。从玄关到客厅，有一条长长的走廊，由于天阴且房屋太大，显得阴森可怕。走廊尽头的两旁陈列着一些佛像、酒缸、花瓶等古董。由于光线不足,所以无法看清楚。

客厅由二十四席大的房间两间相连而成,铺满着绿色的地毯,所以看不到榻榻米。在这下午两点钟的时候,却开着电灯,而所有的灯泡都外罩以日本灯笼,看来饶有情趣。室内中央放置一炭炉,早已有三位妇人围坐取暖。宅主八木先生,身材清癯,着和服,蓄长发,戴眼镜,一眼可以看出是典型的日本绅士。他对于我这外国的不速之客表示欢迎,并领着我们一一介绍陈列在房间里的许多碗盘。八木先生是碗的收藏家,他很自豪地说,当今日本碗的收藏者,无论从质还是量而言,都以他为第一。他收藏的碗有三百多个,其中有很多是桃山时代(公元一五七三至一六一四年)的。在进门最醒目处,供奉着一套有德川幕府家徽的木质涂漆膳具,由饭碗、汤碗、肴碗及放置酱菜类的小碗等四碗组成的一组,置于一四方几上。几与碗皆呈朱红色,碗内部则为黑色,各有金色徽纹。这一套价值非凡的膳具,主人却让我们随意触摸观赏,这是在博物馆参观古器物时所不可能有的好机会。我端起其中一碗,觉得相当重,八木先生说明那是因为东西考究、施漆次数多的关系。大大小小的碗,在外行人看来,无非是外朱里墨、外墨里朱,或外朱里金等不同颜色配合的古碗而已,可是在八木先生的解释之下,各有其来源及意义。他滔滔说来,真是如数家珍,看他眉飞色舞的样子,与其说他是在尽主人为宾客说明的义务,毋宁说他是在享受和陶醉于自己的演讲呢。在众碗之中,有一只来自高丽,一只来自印度。

前者形状色彩均与日本碗相仿，后者系暗红色而施以精致的金色花纹者，风格较为特出。

内室所陈列是更为名贵的，据说每只碗现时的行情皆在日币万元以上，参观者也就以格外谨慎和羡慕的眼光来看它们。有一套黑色的碗，周围满嵌螺钿，花色细致可玩，是仿我国宋代的螺钿器，八木先生尝自诩：虽以之入国库不为过也。另有一套红色的碗，图案深受西方艺术的影响。八木先生说：此为日人崇洋之始。看完所有展出的碗，最后摆着一组书案和墨盒，浏览这近百的碗，又听过主人详尽的说明后，连我这十足的外行人都可以辨出这是一套上乘的漆器了。案与墨盒同属黑底而绘以金色与丹砂的风景，那金色的部分系以纯金嵌成，故闪闪有光。盒盖内部绘有与外面相同的风景，下方有制作者的署名，可见当时制作的人必定视此为艺术品，而无论案与盒之形体、色彩、图案以及漆工都是堪称一流的。

在我们参观这珍贵的私人展览时，客人已到齐了。与上午银阁寺茶会所不同的是，客人当中有男有女，这大概是主持者是男性的缘故吧。茶会进行与上午相仿，不过气氛比上午轻松。沏茶由一位中年妇人主持，客人成一排，主人坐在前方，亲自为客端茶。席间谈笑自如，我自己因为已经有了上午的一次经验，所以表面的动作礼节均已学会，只要依照别人按部就班做，所以也就不觉得太拘束了。八木先生除了是碗的收藏家，同时也经常自己焙烧碗盘，这次茶会所用的碗盘，特选用自制者，亦尚不失古拙之趣。室内的插花，多采野菊、荻草等，颇能自创一格，表现主人的雅兴。据云：开茶会虽系阔绰之举，但以含蓄收敛为原则，故会场所用之插花宜避免华丽，多采玲珑小巧者。

　　这次的茶会虽然客人较少，然而宾主欢谈较久，所以也费了一小时。经过上午和下午这两小时的席地危坐，我的双腿已开始麻痹，超过所能忍受的程度。茶会终了时，一时无法站立，揉擦许久，才摇摇摆摆地起身直立。开始步行时，无意间发觉，自己竟也走着内八字步，心中不禁暗笑，大概是双腿坐久而失力，无法平衡的缘故吧。这几个钟头里的所见所闻，虽只是一些表面而肤浅的，然而"入境问俗"，多少满足了好奇心，并使我更进一步地接触此邦人士生活的另一面了。

图一
茶筅

图二
茶道

岁末京都歌舞伎观赏记

日本人管十二月叫"师走"。本来"师走"是阴历十二月的异称，由于现在日本政府和民间都不再作兴用阴历，所以它也就变成了阳历十二月的代名词了。关于为什么叫十二月为"师走"，我曾经请教过日本朋友，他们告诉我有二说：一是意味着十二月为一年之终，很多事情都要在新年来临之前办妥，一年来成绩不佳的学生，更要在年终之前勤跑老师家里，多多送礼讨好；另一说则颇为揶揄清苦的教师，谓在这一年之终，家家为准备过新年，需要不少预算，教师只好在寒风中挨家挨户去向学生借钱以渡难关。姑妄言之姑听之，月历一翻到最后那一张，整个日本都显得紧张忙碌起来：政府要对一年来的行政业务举行总检讨和结算；商店要以圣诞和岁暮来刺激顾客的购买欲；而一般家庭则要忙着大扫除和迎接新年；即使实际上并没有什么事情好忙碌的人，也会被挂在人们口头上的"师走"这两个字，弄得无端不安起来。至于"师走"给予游子的感触，则是浓浓的乡愁。王维那句"每逢佳节倍思亲"真正道出了千古游子的衷曲！

在悠闲的西京，"师走"的情调尤其浓厚，打从十二月十三日开始，岁暮的气氛就逐渐浓厚起来。这一天，京都的舞伎们要准备"镜饼"——一种由大小二扁的圆形糯米饼相叠而成的日式年糕，到她们的师父那里去谢师恩，师父们则以舞扇一折答礼。师徒之间年年保持不断的礼节，这是古老的习俗，饶有情趣，叫作"事始"。

在十二月的寒风拂过鸭川❶的水面时，京都居民的心底另有一种兴奋与期待，那就是绵延三百余年传统的年终歌舞伎大表演。京都是日本歌舞伎的发祥地，自从庆长（后阳成、后水尾天皇年号，公元一五九六至一六一五年）初，由出云巫女阿国❷在京都的"四条河原"策划演出歌舞伎表演以来，这个古典艺术的年终大表演即成了京都市民每年岁暮不可或缺的一大盛事。在部分比较保守者的观念中，甚至有不看此年终歌舞伎表演即不算过年的想法。三世纪以来，这个罗曼蒂克的享受已成为此间许多人生活中的例事了。这个一年一度的歌舞伎大表演，实际上是集合了日本全国第一流歌舞伎演员的联合演出，所以表演者有的来自东京，有的来自大阪。这些来自四方的艺界佼佼者，与京都本地的演员在四条河原的南座剧场同台演出，各人表演自己最拿手的一段戏。这情景等于是役者的表演竞赛，演技自然热

---

❶ 鸭川：河名，流过京都市区。

❷ 出云巫女阿国：庆长初（约一六〇〇年）出云大社的巫女，名阿国。相传为歌舞伎创始者。

025

烈而精彩，难怪京都市民要视此为盛事而大感兴奋了。他们管这年终的歌舞伎役者联合表演叫"吉例颜见世兴行"。"颜见世"本来的意思是歌舞伎班主于每年终了时重新招聘役者，订合同，而将新的班底公之于世的一种介绍性的演出，所以每一个役者都要登台表演一下，后世遂以名角露脸称为"颜见世"。在京都，你只要简称"颜见世"，任何人都会知道是何所指了，而当你简称"颜见世"的时候，你也会感觉自己与京都更加亲近些。为了去欣赏这一年一度的"颜见世"，京都的妇女自古又另有一种女性特有的兴奋心情，即借此一大盛事，把自己打扮得花枝招展。因为这是京都，甚至来自全日本的各界士女会见的场合，所以她们也特别花时间和金钱在自己的衣着上。从来京都的妇女就以讲究穿着著名。日本人称讲究吃的大阪人为"吃倒"，称讲究穿的京都人为"穿倒"。大阪人为山珍海馐，可以倾家荡产；京都人则为绫罗锦缎而倾家荡产。京都的贵妇名媛，为这盛事置装，往往不惜一掷千金。这样看来，这古都的岁暮盛事，真可谓台上台下的大"颜见世"了。

　　在圣诞钟声频传的"师走"日子里，承秋道太太的邀请，我这异国游子也参加了京都此一年终盛事。表演分日场和夜场两部分，节目内容不同，演出时间则同为六小时，各五场。我们看的是日场部分，为了实践答应秋道太太的诺言，我忍着酷寒，一大早就脱下近日来每天穿的厚毛衣，换上从台湾带来的唯一的正式礼服——一件无袖黑旗袍，外罩有纱袖的黑色绣金短外衣。在那没有暖气设备的六席房间里换穿衣服时，忍不住牙齿打战，手脚发抖，但是"君子重然诺"，我不能失信于秋道太太，她要看中国妇女的盛装模样，今天即使冒感冒之险，也不得不穿上这身旗袍给她看。心中暗自好笑，今天整个南座戏院中，真正要"穿倒"的，恐怕只有我一个人了。因为日本妇女穿的和服是相当保暖的，而我这两只裹在纱袖里的胳膊，怎么耐得了京都的十二月寒气呢！

九时三刻，我披上一件有毛领的黑色厚大衣，走出住处，到巷口去等候秋道太太。天气虽是晴朗的，但是寒风冷得真叫人难受。身上有厚大衣可以挡风，暖和多了；戴着皮手套的双手，插在大衣口袋里，也尚能忍受；只有那一截只着尼龙丝袜的小腿，直接受刺骨的冷风吹袭，最为受罪；双足隔着高跟鞋，也像是踩在冰上一般冷。幸而秋道太太的车子准时而来，钻进那辆有暖气的出租车里，身心像是受到保护一般的舒展和安慰。秋道太太穿着紫红色系统的和服，那流动的线条和丝绸的柔软质感，使今天的她看起来特别富于东洋情调。她早几天借给我一本说明书，我已先大概浏览过每一个节目的情节，所以我们的话题自然就转到歌舞伎。我担心着，这是生平第一次看日本的古典艺术表演，虽然我可以听懂普通的日语会话，但是对于歌舞伎舞台上的特殊用语，全然不知，对于是否能欣赏，也毫无信心。

从京都东区的北白川通到闹区四条河原不算太远，在我们愉快的谈笑间，车子已停在南座正门前了。这一座三层楼的日本桃山时代式建筑物，有黑瓦屋顶和朱白相间的外观，虽然房子本身并没有什么特别吸引人之处，但是由于它承办了三百多年来京都的年终盛事，所以对京都的人而言，该是有情感上的特殊意义的。房子正面二层楼部位处挂满了一排排的长形桧木牌子，上书演员名字，那墨迹犹新的字体，整齐而富于图案趣味，较我国仿宋体略为浑圆。我正抬头好奇地注视，秋道太太告诉我，这叫作"勘亭流"，是歌舞伎专用的字体。在演员名牌之下，有横着一排的彩色浮世绘❶式广告，表现日夜十场戏的代表场面。右侧同部位处则挂满了白色纸灯笼，乍看像是几十个月亮。整个南座的正面给人的感觉是色彩不协调，却是洋溢着喜气的。"颜见世"从十一月三十日开始，到十二月二十五日闭幕，演出时间约为一个月。配合这歌舞伎的上演，南座前的一条街，两边人行道上都竖起了朱红色的柱子，上面装着白色灯笼，使附近平添古典和热闹的气氛。我们来得较早，但门口已有不少观众徘徊等候，男女老少皆有，而以中年以上者居多，间或有一些金发碧眼的观光游客。绝大多数日本妇女都着和服，梳着高髻，也有染红发穿迷你短裙的少女。南座的内部是西洋式的，座位有紫红丝绒，地上也满铺地毯，然而予人掩不住的苍老印象。舞台及观众席也不及台北市中山堂的一半大。我们的座位在中央前面的第五排，算是最好的位置，据说二楼和三楼的观众需借助望远镜，

---

❶ 浮世绘：日本江户时代绘画之一派，以现实风俗世态为题材。

始能看清演员脸上的表情,听起来也相当吃力。歌舞伎舞台与普通舞台大致相同,所不同者,在左侧约三分之一处有长廊通往门口,叫作"花道",把观众席分成左右两部分。

十点整,电铃响,幕徐徐上升。舞台中央,搭着内景,只见一古装妇女端坐在上方,服饰艳丽夺目,脸部和手都涂满白粉。歌舞伎在阿国创造时,原系由女子演出,后以乱风纪,德川幕府禁止妇女表演歌舞伎,一律改由男役者表演,后世相因,遂成定例。所以凡女角,都属男性反串,却能酷似乱真。不久,观众席间响起热烈掌声,大家都回过头去看,原来从后方花道上走出一老一少两妇女。这种出场的方式,较从正面舞台出场别致,由于演员从观众旁边走过,故可以看得更清楚,也可能更容易令人产生共鸣吧。当花道上的两位演员出场时,戏就正式开始了。这时坐在舞台右前方的两个男人,一个弹三味线❶,另一个端坐书架前,将戏文唱起来。他们两人叫"囃子",都穿着深色的日式礼服,表情十分严肃。起初我听不惯那说书的腔调,像是把字句含在口中似的,然而感到唱法之中,有抑扬顿挫;严格说来,那不是唱,只能算是吟。所以发音特别,乃是在使声音平均分布全场,使前面的观众听来不至于太刺耳;而后面的观众不至于听不见。唱书的人只管叙事部分,对白则

---

❶ 三味线:日本俗曲乐器,张三弦,可以拨弹之。

由役者道出，而叙事与对白配合得分秒不差，十分自然。普通观众只注视舞台上演员的动作表情，耳朵则注意听唱书，我是第一次观看歌舞伎，十分好奇，所以既看演员，又看"囃子"，十分费神。原以为歌舞伎定像京戏，是属于唱的，没想到也只是说而已。自然，那腔调也有夸张和特殊发音方法，与普通说话是全然不同的；又由于戏文是古典的，所以除非有相当的日文根底，否则恐怕不容易听懂。大体言之，歌舞伎演出方式，有类似我国说书与戏剧之配合。歌舞伎演员的动作表情也有某种程度的夸张，尤其扮武士的男角，常有类似"吹须瞪眼"的表情，头微仰，嘴角下撇，双眼呈斗鸡眼状，配合着夸张的脸谱，初看颇觉怪异，然而此表情一出，每每能赢得全场喝彩。后来我体会到，这是歌舞伎的特色，我们无论看西洋歌剧或京戏，都要超越现实的观念，将自己融入那古典气氛里，接受那特有的夸张情调，然后始能欣赏其美，看歌舞伎又何尝不然呢？于是，我暂时设法忘记自己是外国人，尽量用日本人的眼光去观看舞台，果然这一努力，使我逐渐能接受台上的表演，而不再感觉怪异不自然了。虽然秋道太太告诉我，歌舞伎役者的嗓门儿也和他们的表情一样重要，而我也相信这是必然的条件之一，可是据我个人的看法，他们对嗓门儿的要求似乎不如歌剧及京戏的严格，因为有好几位扮女角的演员，声音实在并不圆润，未若我们京戏中青衣、花旦所唱的娇柔动听。

歌舞伎也和京戏、歌剧一样，情节和戏文都是固定的，内容则多取自历史故事，而以描写情理的冲突与矛盾者居多，所以能雅俗共赏。京都的人每年岁暮来南座观看歌舞伎，并不是来看新的情节；同样的戏，由不同的役者演出，往往有不同的意境，其间颇分轩轾，能表现出各人的艺术造诣。他们甚至怀着期待的心情，等着听某一位役者唱出自己所熟悉或喜爱的歌舞伎名句，有时役者绝妙的演出也能引起观众热烈的喝彩，这情况和我们的老戏迷听戏并无二致，而艺术之所以不朽，其因盖在于此。

每一幕戏上演时间约一小时，中间有十分钟休息。上午两幕戏之后，则有二十分钟的休息时间，供观客午餐。有的人自备午饭，在座席上吃没有带饭的人，也可以到戏院附设的贩卖部购买便当吃。我们到二楼的餐厅，去享用预先订好的半月形便当。日本人习惯吃冷的饭，而佐以热汤，菜肴则绝大部分为鱼，所以味道十分清淡，这和喜食油腻兽肉的中国人很不相同。餐厅中绅士、淑女十分拥挤，妇女们的和服在此得到展览的机会，她们花花绿绿的配合，的确令人应接不暇，然而我的一身黑色而式样简单的旗袍也颇吸引了她们的注意。想起"穿倒"那句话，我忽然觉得自己像是来到百花竞艳、孔雀斗屏的园中了。饭后，在走廊的咖啡摊上买两杯咖啡，站着喝。这走廊相当宽敞，却也同样拥挤，两排背相对的长沙发椅上，早已坐满了衣着华美的人。许多人都和我们一样站着，大家笑着、谈着，把忙碌的"师走"暂时搁在脑后，从早晨十时到下午四时，将身心浸淫于古典艺术的欣赏中。整个南座大楼中，荡漾着古都的悠闲与和平情调。

午后第一场戏为歌舞伎名剧"一之谷战役",故事取材自镰仓前期两大贵族源氏与平家的恩怨战争。这是典型的古典大悲剧,写公私情义的冲突与矛盾。内容包括君臣、父子、友朋之谊。在错综复杂的关系中,表现人世无常的悲哀。《左传》有石碏"大义灭亲"的故事,然而石碏之子石厚为弒君逆子,悲剧的成分不浓厚;而"一之谷战役",源氏大将熊谷为报昔日之恩,不忍杀平氏幼主,终以年仅十六之亲子首级代之。这一幕戏是白天节目中最主要的部分,演员方面也集中了关东与关西的名角共同演出,每一位演员都发挥了自己的潜力,故事本身的感人和役者的高度演技,加强了戏剧的效果。有一场平氏老臣误责源氏嗣主,并深悔自己因救人而害及主家灭亡的戏,那老演员热烈的演技以及有力的独白,深扣人心,令我感动得几乎不能安于座席,心中激荡不已;而当最后,源氏功臣熊谷将军有感于人世无常,捐弃功名,落发为僧,披袈裟,持斗笠,幕落后,犹独自长叹:"十六年如一瞬,梦也!"然后从观众席间的花道奔入门里,更是印象深刻。看完时,我满眶泪水已禁不住沿颊而下了。灯光再亮时,秋道太太擦干她自己的眼泪,转过头来看到我的眼泪,她大为惊讶:为什么一个第一次看歌舞伎的外国人会如此体会剧情?我没有向她解说,我深信,只要有一颗善感的心,无论哪一国的艺术都可以使你感动,文学、艺术,原是不分国界的啊!

接下去一幕,是属于歌舞动作的戏,没有对白,只由六人组成的"囃子"唱出故事情节。由一男一女对舞，女角的衣着十分华丽，扮相也极妖冶，举手投足间流露妩媚，令人不能相信系由男性役者扮演。男角为一年逾花甲的京都名歌舞伎役者，在白天的五场戏中，他共出场三次，忽而男，忽而女，允文允武。此刻在舞台上翩翩起舞，更是潇洒伶俐，毫不见老态，实不愧为名角。日本舞俑可能受服装拘束，动作比较缓慢，同一动作重复的次数也多。着重于颈部、腰肢及手的姿势，足部则在特设的空心桧木台上噔噔踩出节奏，配合着"囃子"的弦音书声，在听觉上颇能造成热烈的效果。我个人对此一幕的表演没有太大的共鸣，但是在看完"一之谷战役"那样分量重的戏之后，再看这一幕纯属动作与色彩感觉的表演，可以调剂观者的情绪，此抑或即节目编排者的用意吧。

最后一幕是描写江户时代庶民的悲喜剧，通俗的情节以及近代化的对白，加上善有善报的大团圆结束，盖为讨年终吉利而设。于是，观众在连连的笑声后，满意地离开座席。

走出南座的侧门，昼短的十二月天，已是薄暮时分了。

街上华灯初起，门口又有另一堆衣裳华丽的人在等候着夜场戏的上演。从比叡山顶吹下来的风从我们的脸上抚过。伸一伸六小时来坐累了的腰，我似乎分享了一份京都人的罗曼蒂克，更深刻地体会到飘在寒风中的"师走"情调。

不久，一年就要逝去，新的一年即将来临。

访桂离宫及修学院离宫

人生有许多不可思议的事，而一个旅行者也许有更多奇遇的机会。那天下午，我像往常一样地在图书馆里看书，忽然有一张字条递到书上，上面写着："你是不是林文月女士？"抬头，我看到一个长发垂肩、戴着眼镜的女孩子。对于我惊讶的表情，她简单地自我介绍：姓李，在哥伦比亚大学攻读博士学位，八年前从东海大学毕业，是陈的学生。在肃静的图书馆里，我们不便多谈，所以我约她晚上到我的住宿处谈谈。

图书馆闭门后，我们踱回我的六席房间，围着暖桌（日式矮几，桌面下部装置保暖用大灯，通常以方形棉被或毯子覆盖桌子，席地而坐，将腿伸入被中可以御寒）坐下来，沏上一杯茶，开始聊起天来。我已经有两个多月没这么痛快地说中国话了；对于李而言，则该是八年来，第一次全部用乡音对谈吧。我们虽不是故知，然而能他乡相遇，两个人都掩不住喜悦和兴奋，一丝温暖爬上心头，不是暖桌电热的缘故。八年前，她在东海大学读书，从台大毕业不久的陈到那儿执教,她们便成了无话不谈的师生,而我和陈则是学生时代的莫逆之交。李曾经看过我寄给陈的相片和短文,而我也从信中知悉善感的陈在东海有一位"最娇爱的小妹妹",可是台北和大度山之间的距离,阻碍了我们的认识。八年的时间,带给我们三个人不同的命运:我毕业,结婚,教书;李只身飞到海的那一边去深造;而陈所遭受的波折最大了。每年暑假,我们在阅卷场上相见,我看到她一年比一年消瘦,实在为她担心,这样瘦弱的身子如何抵受得了一再的折磨?去年,她告诉我决定暂时摆脱一切,应邀到奥柏林大学去"试展新的一页"。我正惊佩于她毅然果断的决心,不久自己也幸获科委会遴选,来京都游学。就在同一个时候,原在哥大读书的李也意外地得到一笔奖金,来京大搜集论文资料。于是,去年秋天,陈从大度山越洋去了美国,李从美国翩然来到了京都,她们本约定在美国相会,只因彼此受合约限定,而失去了机会。比李迟半个月来到京都的我,却无意间见到了她。八年前,我们同在台湾,却无由见面;八年后,一个奔自东,一个来自西,终于在京都的红叶下相遇,而当年想介绍我们认识的人,却独在美国的白雪中祝福我们,这是怎样一个安排啊!

在遇见李之前,每逢周末假期,我总是一个人躲在房里咀嚼寂寞。因为我知道自己对方位向来迟钝,台北的街道尚且没有弄清楚,更遑论这陌生的地方了。自从认识李之后,我们发了宏愿,要游遍京都附近的名胜和古迹。此间亭阁楼台寺院,栉比林立,本地的人恐怕都甚少遍游过，我们这个愿望自然不可能全部实现。不过，近两个月来，我们足迹所到之处，也有十几处之多。李有认路的天才，一本地图和乘车指南在手上，再偏僻的地方，她也能找到，可惜她的日语不十分流利；我虽然永远分不清东西南北和电车路线，但是小时候打下的日语基础，到底有些用处。李是我的罗盘，我是她的喉舌，我们两位一体，配合得宜，可以胜过一个普通的日本人，而且有了伴侣，既增添游历之情趣，也壮胆不少。她照顾我搭车，我为她翻译浓重的京都腔调，就这样，我们结伴去看过青翠的苔寺、诗意的落柿舍，用中国话赞叹日本的景物，从此，假日不再空虚寂寞，变得充实丰富起来。

　　这一天，虽然不是假日，我们相约给自己放了假，不去图书馆看书，而去参观京都近郊的桂离宫和修学院离宫。读万卷书固然可贵，行万里路也很重要，我们是理直气壮的。何况这两处不同于其他古迹，要预先登记，始准进内参观，由于手续麻烦，许多住在京都本地的日本人都一再拖延，而没有去参观。本来另有一位日本小姐想参加我们的计划，但是此间观光协会规定的参观时间本地游客与外国游客是分开的，所以只好作罢。由于路不熟，我们比规定的时间迟到数分钟，到达桂离宫时，大门已关上，向门警说明并求情，好不容易才开了边门放我们进去。日本官方做事往往是一丝不苟的。

　　桂离宫坐落于京都西南方，旁依桂川，面对岚山，颇得地理之宜。据所闻，此离宫始建于后水尾天皇元和初（约公元一六二〇年），为一度曾过继丰臣秀吉的智仁亲王策划修筑。智仁亲王博通古典，尤精于《源氏物语》《白氏文集》及汉籍诗文，被誉为才子；其艺术修养亦超众，此离宫的建筑物及庭园，便是出于他的构想。宫中主要建筑物为相连的古书院、中书院及新书院三幢书院型房屋。由于历时三世纪余，房屋本身已列为日本政府的重要文化财物，游客只能远眺，却不准入内参观。三书院呈雁行排列，为典型之日式木造建筑物，葺顶、木墙、纸门，四周环以回廊，屋基高达丈许，乃为防京都地区夏季之潮湿而设。日式建筑多取材简单，构造亦质朴无华，虽帝王皇后亦不例外。那因年久失修而变黑的外观以及微黄的纸门，若衬以万紫千红之春光，或黄花红叶之秋景，也许尚可收对比之效果，而发人思古之幽情，然而，此刻它在错落的枯枝间，倍加黯淡，不胜萧索。说实在的，我对这皇居颇感失望。不过，一般言之，日本民族性崇尚朴素，在参观过的许多离宫之中，我个人印象里，只有嵯峨天皇（公元七八六至八四二年）的行宫最具规模，有帝王气象，值得瞻仰；至如后水尾天皇（公元一五九六至一六一五年）的圆通寺离宫等，风景虽佳，建筑简陋，在吾国人眼光中，实在不足以称皇居了。

桂离宫除有三书院外，最著名的是占全部园地面积约三分之一的池塘，以及环绕池塘四周的大小十来所茶屋。日本人常称：上帝创造大自然之美，而日本人则创造庭园之美。的确，日本的庭园，尤其西京的庭园，有独特的风格，可以傲视天下。就此池塘而言，一望可知其经营甚费匠心。池形曲折，饶富变化，而不见冗笔。中有小岛三数个，大小及形状各不相同，或呈孤立，或有小桥沟通。而每一座桥，其样式及建材亦不同，有独木桥，有竹桥，有石桥，更有穹形架桥，上皆苔痕斑斓，古雅可观。池塘四周则多种芦苇，遍设怪石，间亦可见石灯笼掺杂其间，使池边增添野趣与优美。此二种本质相反之情调，竟能于此得到协调，而不觉其冲突，实在是艺术的奥妙。今日东洋庭园设计已成为一专门学问，为西方人士所心折，不是没有道理的。

我们沿着石板铺成的小径绕池步行，经过高低不平的斜坡，穿过横伸的枝梢，来到一处小亭前。那位脸色苍白、低架着近视眼镜的向导，操着浓重日本口音的英语告诉大家，这便是"松琴亭"——池边众多茶屋中之一。他穿着比身材大两号的黑色制服，帽檐直压到眉际，那生硬的英语单词吃力地从他嘴里吐出。我忽然忆起多年前看过的"秋月茶室"中的马龙·白兰度，我和李不觉相视而笑。我们不敢领教那向导的说明，只好打开预先带来的旅行指南查看。至于其他六七个美国人，我很怀疑他们是否能听懂这样的英语说明？日本官方对于重要观光区向导人员的语言及外表如此不经挑选，不能不说是一大疏忽。这又使我想起，台北故宫博物院中那些穿着漂亮制服，操着流利英、法语的向导人员。要办好观光事业，这实在是最起码的一个条件。

"松琴亭"的名称虽雅，房子本身却平凡无奇，由三间六席榻榻米的房间组成，既无回廊，亦无玄关。亭前设有二土台，一呈圆形，一呈长方形，前者为置炉煮水用，后者为放置沏茶道具用者。由于屋檐不深，房屋受风雨侵袭日久，颇显陈旧。不过，从茶亭眺望，池塘、小桥、涟漪、丛石，与远近树枝的倒影，尽收眼底，景致优美，令人神怡。遥想当年智仁亲王修园完竣后，置身于此朴素的茶亭，面对自己的杰作，品茗赏景，内心定必充满无限欣慰；而当其茶屋逐一落成时，思索定名之际，又该是何等兴奋的心情啊！

环池众茶亭，虽构造及规模都与"松琴亭"相仿，然而各有风雅的名称：如"月波楼""竹林亭""赏花亭"等，都可以想见屋主的趣味。智仁亲王去世后，后水尾天皇常幸临桂离宫，又补修"月栏间""笑意轩"与"桂棚"等，皆刻意保存智仁亲王创作的风格，所以整体上能有一致的面目。

我们继续沿池追寻茶亭，有趣的是整个桂离宫的庭园，以这个多变化的池塘为中心，隔池眺望，亭亭相对，每一驻足处，眼前的景物给人的印象都不同，庭园美的极致，尽在面前。至此，我才恍然大悟，原先我们以庸俗的眼光看这些茶亭，所以嫌它们破旧，觉得不够气派。事实上，这些茶亭在整个庭园之中，只是景物的一部分，它们和那些小桥、石堆、岛屿、灯笼等，同为点缀这池畔的一种道具而已，设如茶亭本身过于讲究，它们便不能与全景协调，反而会显得刺目了。这道理就像是当你看一幅画时，不去欣赏整个画面给你的美，而尽挑一笔一触的好坏一样愚蠢。我为先前自己的近视感到赧颜，也为造园的人抱屈。

看完园景，本想稍事逗留徘徊，碍于规定，不得不跟着大家退出，以便于下一批本国游客参观。踏着碎石子，走出竹垣外，回首再望，桂离宫前一片松林竹薮，民屋数间，极目是枯田。昔日风流，而今安在？心中顿生苍凉之感。

修学院离宫在京都市东北郊区，与桂离宫正成相反方向。由于我们登记的时间是下午三点钟，所以有从容的时间进午餐和乘车。李看时间尚早，她在地图上找到修学院离宫附近另有一古迹"曼殊院"，这名字十分雅，于是我们临时决定利用多余的时间去参观。在游览地图上看似很近的曼殊院，待我们下了"巴士"去找时，却迷失在曲折而复杂的小路里。李虽一再拿出地图研究，仍摸不出头绪来，看来她已技穷；轮到由我效劳了，于是我逢人便问，两个人摸索着，总算有了方向。曼殊院在一条斜坡的尽头，这条水泥的斜坡倒是十分干净，两边都是田亩，堆着枯黄的稻梗，此处渐离市区，有一种浓浓的乡野气息。我们两人因为赶时间，走得较快，渐渐地，穿着大衣的身上感觉热起来，鼻尖上的汗珠在冬风里有些痒痒的。不知什么时候跟来的一只小花狗，忽前忽后地陪着我们。长长的路上没有车辆，也没有别的行人，风虽寒，而天气晴朗，如果不是上坡路令人气喘，真想哼哼歌，甚至吹起口哨来。

曼殊院的正门因为破旧，屋瓦可能随时下坠而伤人，门前贴着字条："请走边门"。钻过同样破旧的边门，从这寺院的厨房进内，脱了鞋子上去，却被看门的女人挡驾。她说前一批参观客刚入内，要我们再等半小时，与下一批游客一起参观。我想到如果等半小时，可能又赶不上修学院离宫的规定时间，所以费尽口舌向她求情，那女人起初坐在榻榻米上烤火，对我爱理不理，后来总算懒洋洋地站起来，要我们每人缴纳两百日元香火钱，才答应拉开绳索，让我们进内，却又在后头一再叮咛，勿事逗留，要我们赶上别人。李问我刚才和那女人啰唆什么，我告诉她那女人教训我们："游客不能专为自己方便打算哪！我们是负责保管国家财物的。"李听后十分生气，我劝她既来之则安之，若等半小时，怕时间来不及。爬了一大段斜坡路，过门而不入，又不甘心，只好委曲求全了。由于在门口时受了一点闲气，来时的轻快心情全消，对整个曼殊院的印象都变坏了。我们嫌房子破旧，批评陈列的古董没什么历史价值。当我们来到一处展览乾隆时代产品——有浮凸花纹的五彩瓷花瓶时，两人都不约而同地停下来细细欣赏，并异口交赞着。事后回想自己的幼稚，当时我们的心境就像是在别人家里受到欺负的孩子，突然看到自己亲人一样的感觉安慰。事实上，平心静气而言，曼殊院是有可观之物的。这寺院是天台宗传教大师于天历年间（公元九四七至九五六年）修建的。室内纸门上的画，多出于江户时代名画家狩野探幽之笔，而且墙上贴的色纸，有《古今集》名句，皆被视为日本的国宝，难怪看门的人如此慎重了。曼殊院整幢房子模仿船艘而造，四周有约两尺宽的狭窄回廊，廊边设有低栏。导游的人劝我们坐下来看庭园，大家便一字形排坐下来。放眼望去，这庭园是日本有名的"枯山水"庭园。所谓枯山水，顾名思义，是指没有真水的庭园。园中放置大小形状各异的石块，以代表山；满铺细白石，上画平行而规则的波纹，以代表水。枯山水庭园又简称石庭，源起于平安时代（公元七九四至一一八五年），当时日本朝野向往我国文化，贵族文士竞以模仿唐风为雅事。这种白山白水的庭园构想即受由我国传入的禅宗文化影响，融以北宗山水画枯淡雄劲之风，独创庭园设计之一格，富于超自然主义的形式。在所有庭园形式中，我最爱此石庭。静对幽玄的枯山枯水，白色一片，你真的内心会有禅的意境产生。它带给人的，与其说是眼睛的观赏，毋宁说是心灵的领悟。我久久凝视着那一片枯山水，导游的人却在耳边巧妙地下逐客令："请起身吧，坐久了会晕船的！"

十七世纪初叶，以京都皇宫为中心，西南郊外有智仁亲王的桂离宫；而东北部比叡山山麓有后水尾天皇的修学院离宫，这两座离宫不仅方位相对，且规模与风格亦成强烈的对照。修学院离宫既近比叡山山麓，又背控御茶屋山，整个离宫分上、中、下三茶屋部分，而分别散布于山腰至山脚的一大片倾斜地，下与中茶屋两部分设有小桥流水，风格玲珑精巧；坐落于最高地的上茶屋部分，则豁然开朗，以浴龙池为中心，呈洄游式的大庭园。

修学院离宫在离曼殊院步行不到一刻钟的地方。走过狭窄而曲折的街道，住家渐稀的马路尽头有一排竹垣以及同样用竹子编成的大门，门墙之后，林木荟郁，就是修学院离宫的正门。虽然这墙垣和大门予人的印象并不强烈深刻，入得门内，却有一大片庭景展现在前，而最令人惊异的是宽敞的石子路和满园的树木。从眼前身边的大树开始，近处远处，一直到山麓山顶，无处不是树，无树不高大，且形状姿态各异，只觉得自己像是埋没在林中，却全叫不出那些树名来。我第一眼就喜欢这地方了。

在一间放置板凳的休息室里，等人到齐之后，便有一位导游进来，先对参观者简单介绍修学院离宫的历史和地理环境，随即领着大家参观。这位导游先生年纪较大，风度亦较稳健，看得出曾受过训练，口才不错，却稍嫌讲解太流利，时有过分职业化的表现。他说的都是日语，全然不顾有三个西洋人以及我们两个中国人在内，不过，对我而言，那一口地道的日语讲解，比上午桂离宫那位导游先生日本化的英语易懂得多。我们顺着地势，先从下茶屋参观，由正门前院到下茶屋，要走过一扇下茶屋御幸门及中门，门皆紧锁，另开一扇较小的侧门供游客进出。每走过一扇门，我心里便觉不舒服，为什么舍正门不走，偏要叫大家走"旁门左道"呢？李也有不平，她说，在美国，任何一个人去参观白宫，都是堂堂走大门的。虽然这里曾是天皇的离宫，可是如今已成古迹，供人参观，而大门如果不为客人而设，究竟什么时候才开放呢？这真令人不解。

钻过下御茶屋中门的侧门，左手是宽广的石级，上方有一红墙小屋，即昔日天皇临幸此离宫时下轿之处。如今纸门紧闭，石级上满布青苔，当年的荣华，只能凭各人想象了。稍前，有石板小径，导人入矮树丛生的园中，地上一片青苔，树梢犹有残绿；如果是春天，足下芳草与头上新绿交映，定更可观。我们循微坡的小径走，一路看见低矮的石灯笼点缀着两旁。导游一一为我们说明每一盏的名称和来历：有朝鲜灯笼，有袖形灯笼以及月牙形高灯笼等，形状不同，趣味互异，皆苔痕斑斑，古拙可爱。石径末端，竟是一片覆满落叶的荒地，只见枯木一丛，幽石一组，此外便无他物。据云，此处原是一角枯山水，本来也有一座茶亭，然而年代已久，亭与庭皆废，仅保存故迹，供人凭吊。面对满目荒凉，我倒觉得此时无物胜有物，设若观光当局自作聪明，于此重建新茶亭，整个园景必定破坏无疑。空无一物，何尝不充满历史呢？我想起台北市仅存的古迹——旧城门，每隔若干年就要油漆一次，实在是一件遗憾的事情。古迹之所以可观，乃在于有其古旧面目，古罗马竞技场的残垣断壁，每年照样吸引世界各地的观光客，便是这个道理。我想日本人也懂得这一点，所以宁使这一区保持荒废，却不必勉强重建。

下茶屋庭园里最主要的建筑物为当年后水尾天皇赏园的"寿月观"，由三间十二席的房间相连而成。第一间门上的匾额"寿月观"三字，即为后水尾天皇亲笔，笔触相当深厚。房前满铺白沙，据说全日本只有京都白川之沙最洁白晶莹，这里所铺沙石便是从白川运来的。庭前一道淙淙流泉，小瀑布上安置一块三角形青石，导游员要我们注意，那看似不经心放置在上的青石，正象征着日本的名山富士山，细看真形似富士山，造庭者的细腻，可见一斑。小溪两旁种满杜鹃和枫树，故春秋两季，互争景色。如今虽无花叶陪衬，然而流水送落叶，却也别有情致。

从下茶屋部分到中茶屋和上茶屋部分，在平面图上看，正成一扇形展开；中茶屋在右侧，上茶屋在左侧，而中间是一片田园，下与中、上之间，由两条设在田园里的畦道相连。走过一条朴素而狭长的畦道，沿途可以俯视两边的田园，右方较远处，并有农舍数间点缀其中。后水尾天皇在此营建离宫时，特别保留了民间的田园风光。谅生于深宫之中的帝王，对于庶民生活必有一番好奇，当漫步畦道上，呼吸着新鲜的空气，俯视这一片田野时，心中是否会生起"高处不胜寒"的寂寞呢？

钻过中御茶屋的旁门时，我和李都没有再抱怨，也许是我们已安于现状，也许是两人都被园中景物所吸引，而不再计较小事了。中茶屋部分的园景和下茶屋部分大同小异，皆以精巧细腻取胜。这里主要建筑物有二：一为赏园的"乐只轩"，一为供佛的"林丘寺"。

"乐只轩"本为后水尾天皇赐予其皇女朱宫的房子，因此这建筑物的内部装饰有女性趣味。站在走廊前，可以望入敞开的室内。每一扇纸门的里外都绘有图画，有风景，有花卉，也有翎毛，多出自江户时代名家手笔。墙上则张贴色纸，上书和歌诗句，令人想见屋主喜爱文学艺术的情形。这些形形色色的字画，以及客厅那一排多变化的壁橱，使原本单调的日本房子显得多彩多姿起来。给我印象最深的是客厅右侧两扇木门上所绘的三条鲤鱼（右门大鱼，左门一大一小鱼），虽已历时三百余年，色泽仍然相当新鲜，而鱼的神情姿态则栩栩如生。鱼绘在门的下方，两扇门全面又以金线条绘满渔网，细看则见网上有几处破洞。我正望得出神，导游员告诉我有关此幅画的一则有趣故事：当初这三条鱼之外，并没有画渔网。由于画太传神，住在房里的人，夜夜梦见鲤鱼跃入屋前的池水游泳，故请画家用金线条加画大网，以罩住此三条鲤鱼。岂知当夜人们仍做同样的梦，早晨醒来，却见所绘之金网已破三数处了。导游员更在故事之外，加了一个俏皮的注解："故谓恋（鲤）是盲目冲动的。"（按：日语"恋"与"鲤"同音。）

"林丘寺"在中御茶屋门东侧的一条幽静的小路尽头，外有石垣及一扇门。推开那扇古老的木门，里面另有天地：林丘寺的建筑朴实无华，与"乐只轩"的富丽纤巧正成一对照。这里本为朱宫的书房及佛堂，后水尾天皇驾崩后，皇女为追念父王，落发为尼，取法名普明院元瑶，并将此屋正式作为佛堂，朝夕诵经，度过晚年。至今内室仍供着元瑶尊女公像，可惜房屋幽暗，从外面看不清楚。林丘寺的庭园，无论池塘与花木、亭台，都保持着玲珑细致的女性趣味，有一座三重石塔，颇富异国色彩，据云为来自朝鲜者。

走出中茶屋地带，导游员说，至此大家才走完全园的一半。因为上茶屋在距离较远的山腰里，而最精彩的部分也在最后，希望大家勿嫌路遥，一鼓作气，看完全景。顺着来时的畦道，我们一度走回下茶屋门前，再折向右侧另一条通往上茶屋的畦道。这条畦道较通往中茶屋的畦道整洁可观，两旁种植的松树，经人工修剪，高矮齐一，中间是白色小石子路。踏着沙沙作响的石子路，透过松枝，可以望见远山和田亩。京都的冬天寒冷而干爽，天空晴朗，浮云朵朵，冬季的阳光被比叡山吹下来的寒风拂去了热度，耀眼而不暖。我们身上觉得微热，并不关风与日，实在是走多了路的缘故。

三个茶屋的大门都具有相同的风格，只可惜我们都无缘经过，每一次只能望望，却必须由侧门进出。上茶屋部分的地势最高，步进门后，还得拾级而上，登上两旁高耸着树垣的狭窄石阶，迂回转了两次弯，才来到海拔一百五十米高的"邻云亭"前。虽然"邻云亭"离云尚远，俯瞰足下，却可以看见整个京都市区和远近山峦。"欲穷千里目，更上一层楼"，攀登石级是有代价的，当寒风拂着额际的汗珠时，有一丝征服的快感浮上每个人的心头。

上茶屋部分予人的感觉与下、中茶屋的感觉完全不同。由于登高远望，整个修学院离宫可以一览无余，而借着远处起伏绵延的群山为背景，这里极目是雄伟的景色，令人胸襟舒展开阔。"邻云亭"坡下是一大片人工修筑的水池，取名为"浴龙池"，以称帝王之心。这个水池极大，呈心形，从"邻云亭"望去，西边有一长堤，堤外一条白色石板路；东边则呈缓和的弧线，中有突出的二岛，由一座中国式的"千岁桥"相连。上茶屋部分的园景即以此

"浴龙池"为中心，在高低多变化的池畔修筑了赏园听泉的亭阁"邻云亭""穷邃亭""洗诗台"及"止止斋"（今已废亡）等。这些亭台的构造较桂离宫诸茶亭考究，且窗多墙少，我们去的时候，管理当局为供参观，故意敞开所有门窗。从屋里向外眺望，池畔景色尽收眼底：长桥映水，水影悬胜镜，衬以翠远参差，景色极美，令人不忍移目。日式纸窗有一特色，即当其敞开时，那四方的木边犹如一画框，透过木框眺望时，则令人觉得风景如画，更收玲珑的效果。于是每一窗口变成一幅画；因为角度不同，每一幅画给人的感受也不同；更由于四时的推移，这里的风景可分新绿期、花期、红叶期及雪景期，而每一期的色彩光泽皆堪入画。可惜我们正当红叶瘦去、雪意尚远的时候踏进此园，所以只见满园残绿和堆积的落叶。

从"邻云亭"东边走一下坡小径，开始环池步行。"浴龙池"的面积比桂离宫的池塘大，而人工装饰的趣味较少。由于此区借天然的山林为背景，所以得地理之妙，有更雄浑的面貌。在一长约十五米的土桥上歇脚，东望是一泓幽邃的潭水，由于峭壁耸立，颇带几分阴森森神秘的气氛；向西眺望，则呈截然不同的景色。"浴龙池"西岸的长堤，堤外白径和径侧的树垣成三排整齐的平行线，而树垣之外，只见一片斜阳映红的天空，池水之内，唯有树影丛丛。日本庭园多以细腻取胜，偶见此单调的一角，觉得异常快慰舒畅。

继续前走，由于山麓阴湿，脚下的苔痕更翠，泥里掺着的红叶也未枯，京都以出产"西阵织"著称，如今这条小径本身仿佛便是一条织锦了。经过落叶覆顶的"舟屋"和满目荒凉的"止止斋"遗迹，来到"浴龙池"西岸的堤上，回望刚才走过的东岸，山岚水气和树丛中隐约可见的亭台，此景此情，唯独"画中有诗"四字可以形容。从树垣下望，近景是修学院中茶屋和下茶屋庭园，中景是离宫外一望无垠的田园风光，远景则为不知名的群山起伏。这时夕阳已西倾，几处农舍升起炊烟袅袅，"暖暖远人村，依依墟里烟"，陶渊明的诗境，超越时间和空间，就在我眼前。

沐在夕阳残照里，踏上归程，李和我心中都有难言的感动。我们又一次结伴出游，共享了美好的景色和时光，暂忘了独处异乡的寂寞。人生的聚散无常，半年以后，各奔西东，我们也许不会再相见。相信她和我都忘不了在京都相识的奇遇，也忘不了我们一起访过的山山水水。

作者于京都石山寺

京都的庭园

日本人常常自诩：上帝创造了自然的美，日本人却创造了庭园的美。庭园之美虽不能与自然之美抗衡，然而有其独特的境界，属于艺术创作的另一个空间。日本的庭园在艺术创作美的方面，的确有极高的表现；而京都庭园之丰多与美妙，则为日本之冠。在京都住了数月之后，我已深深喜爱上这儿的庭园了，它们不但成为我探寻美的对象，更成为我排遣寂寞、忘怀乡愁的去处。多少个周末假期的下午，我徘徊在苔痕斑斓的小桥流水边，多少个郁悒无聊的日子，我独坐回廊，凝视着一片枯山枯水。那时，眼前的美景会吸引我全部的注意，使寂寞远却，乡愁淡去，心中只是荡漾着美的旋律。而一个游子有太多的闲暇、太多的烦闷，于是，我开始了庭园的巡礼，逐一叩访京都市区和近郊的名庭名园。观览之不餍，则到书坊去查阅有关寺院林泉的书册，以为进一步的认识。

庭园之始，虽已不可考，观《古事记》及《日本书纪》上所记载的"坚庭"一词，可以想见，起初"敷土使坚"之庭，在功用上具有两种意义：即供曝晒农作物的实用场所以及供祭祀的仪式场所，而作为祭祀之场地时，则又称为"斋庭"或"忌庭"。换言之，庭设于屋室之前，兼具有生活的实用与祭祀的神圣意义，所以有时在坚土之外，更旁植花木，以求美观。现今所谓"庭"，古代日本人似乎称之为"岛"，《日本书纪·推古纪》（公元五九二至六二八年）中有一段记载苏我氏庭园者：

（苏我马子）家于飞鸟河之傍，乃庭中开小池，仍兴小岛于池中，故时人曰"岛大臣"。

苏我氏在当时日本贵族社会中，代表着开明先进的一派，他们仰慕中国文化，率先迎进佛教，并极力模仿中国式的生活。"庭"在当时仅意味着一块平实的坚土，苏我氏却在坚土之上凿池筑岛，而赢得"岛大臣"之绰号。想来这种破格的作风，也受了中国文化的影响。《推古纪》二十年又有另外一段记载：

是时百济国有化来者，其面身皆斑白，若有白癞者乎。恶其异于人，欲弃海中岛。然其人曰："若恶臣之斑皮者，白斑牛马不可畜于国中，亦臣有小才，能构山岳之形，其留臣而用，则为国有利，何弃之海岛邪？"于是听其辞以不弃，仍令构须弥山形及吴桥于南庭，时人号其人曰"路子工"。

这样看来，百济国人所构山岳之形，乃来自中国的庭园形式。所谓须弥山，本是梵语Sumeru 的音译，又译为"妙高山"，相传有八万四千由旬，为日月所栖隐之处，即佛说世界中心最高之山。

而所谓吴桥，便是中国风的桥。由须弥山和吴桥所构成的庭园形式，正意味着当时的日本在圣德太子订定的"十七条宪法"之下，蓄意文化改革和佛教迎入的现象。事实上，苏我氏所采池岛的庭园形式本源于中国，《汉书·郊祀志》下载：

其北治大池，渐台高二十余丈，名曰泰液，池中有蓬莱、方丈、瀛洲、壶梁，象海中神山、龟、鱼之属。

又《洛阳伽蓝记》亦载：

华林园中有大海，即魏天渊池。池中犹有文帝九华台。高祖于台上造清凉殿。世宗在海内作蓬莱山，山上有仙人馆。

则我国古代庭园中池与岛，原为仙界的象征；而百济路子工所构于日本之须弥山，乃代表佛教的理想世界，庭园在当初被视作神圣之域，盖无二致。不过，后世作庭逐渐脱离宗教观念，而转为纯粹美的追求，于是，池岛之外，又增添花木、泉石，以求丰富的变化。天平胜宝年间的汉诗集《怀风藻》中颇多描写庭园的诗句，如"松岩鸣泉落，竹浦笑花新"（大神高市《从驾应诏》）、"水底游鳞戏，岩前菊气芳"（田中净足《晚秋于长王宅宴》）、"水清瑶池深，花开禁苑新"（石川石足《春苑应诏》），皆可以看出，这时期的庭园，其内容之丰多与构成之讲究，已远超苏我氏飞鸟河傍之池岛了。

日本的庭园，自古以来，历奈良、平安，至镰仓朝代，皆以池泉庭园为主流。在室町末期，出现了划时代的改革——枯山水庭园。事实上，枯山水的发源，早在平安朝时代，然而其臻于圆熟之境，则在室町末期的东山时代。枯山水之所以在东山时代达于巅峰状态，是有原因的：当时的政权操于足利氏，而足利一族雅爱中国文物，常借中日贸易，大量购入中国书画器物；另一方面，平安朝以来传入的禅宗佛教也历镰仓、室町二期而更形昌盛，足利氏即深受禅宗文化的影响，故每好搜集趣味枯淡的北宗画。据《君台观左右帐记》，当时入足利氏仓库的，计有李成、赵大年、王涧、李安忠、梁楷、牧溪、李唐、李迪、马远、夏珪、王辉、孙君泽、马逵、王子瑞、王若水、高然晖诸家之作品。以足利氏在政坛的地位及影响力之大，上行下效，故当时日本的画家如周文、云舟、如拙之辈，莫不以北宗水墨为主，而风会所趋，这种枯淡雄劲的艺术嗜好，遂成为社会一般的风尚。以池泉构成为原则的庭园设计，自然也受到时代潮流的影响，乃有枯山水庭园之产生。

枯山水庭园既以北宗山水墨画之山水图为基本精神，故其表现力求雄浑苍劲，如大仙院方丈东庭的枯山水便是一个典型例子。此庭所用庭石素材为青石，作者意图表现北宗山水幽玄枯淡之趣味，于此可见。以大小形状各异之青石，或直立，或倒置，纵横罗列，构成蓬莱山水之画面，间植树木，更以白沙设泉流，而构架石桥，于是方丈之庭中，俨然是一幅高山流水之图呈现眼前，其创作之魄力，有更甚于水墨画者。所谓枯山水庭园，又称石庭，取材以石为主。凡山岩水流，皆以石沙表现，故设山则重选石与布置，设水则用白沙，而绘以水纹。京都白川附近盛产白沙，其质坚实而洁白，得天独厚，此盖亦京都多名枯山水庭园之原因。

北宗水墨山水特重画面中之余白，而余白之空间构成，正符合禅宗"以心传心"的教义，故寺院枯山水庭园之作，亦必然以余白为第一要义。在枯山水中，能表现此余白部分者，即敷白沙之空间。发明此道理者，若非禅僧，即杰出之水墨画家，可惜其功臣已不可考知。既然余白在枯山水庭园中如此受重视，故禅寺之庭园多杰出之白沙庭，而其选材与宗旨虽同，由于庭园之形状大小及作庭者之嗜好差别，其效果各异，趣味亦不同。最能表现白沙之余白意义者为大德寺本坊的方丈庭园，此庭面积约数百坪，分为南庭与东庭两部分。南庭部分呈矩形，全庭约百分之六十皆密敷白沙，仅于东南隅设枯泉石一组，于庭中偏右处布置一扁平青石，故整个庭园予人的印象为洁净晶莹之白。白沙之上，以东南之石组与右侧之青石为中心，用平行之线条画出清晰纹路；近石之处，随石形曲折，其余部分则舍变化而求简单，仅自左至右，扫出平行线条。由于沙石之白色与寻痕之直线效果，使此南庭更显空旷苍劲，而视愈久，愈觉此庭无物之胜有物。与此异曲同工者，京都禅院庭园数不胜数，如南禅寺、龙安寺等，皆以素白的沙石为主，于看似单调之白沙上，扫出涟漪式、波浪式、漩涡式、迴纹式等不同的平行线条，而造成不同之效果。同属石庭而趣味迥异者为瑞峰院"独坐庭"与龙源院内庭：前者为宽广之庭园，除庭中一角设山石一组外，其余一大片皆白沙，扫出粗壮有力之波浪式平行线条，由于线条与线条之间隔较宽，故整体上造成波澜壮阔的景观，使人面对这一大片枯海，胸中不能不有所感动；后者系寺院内庭，只有数席大小的空间，中置三石，皆小巧玲珑，布置均衡，而中间之石，状如指手形，若有所指示然，颇发人深省。周围白沙，则扫出细密之平行直线条。我最爱此石庭，简单而精致。

银阁寺庭园亦属枯山水，此园为足利义政晚年之别墅，作庭者系当时名家相阿弥。庭中以银阁前堆沙成丘的"向月台"以及曲折绵延的"银沙滩"为主题，虽然洁白一色，却富于高低的变化。"向月台"呈圆锥形而削平其顶，底层最大部分，约需十人合抱。"银沙滩"略呈不规则形，亦较地平面隆起，在广大的一片白沙面上，隔间扫出平行直线条。此一高一平之白沙庭虽作于十五世纪末叶，却意外地具有了现代抽象画派的趣味，予人的感觉十分新颖醒目。据云，足利义政当年令相阿弥作此庭，目的在借白沙反映月光，以为月夜赏园之用，则石庭除其本身艺术美之外，又兼备实用的价值。当皎洁的月光与白沙互映，其效果恐怕更胜于科学的灯光，古代贵族的风雅，实在令人羡慕！

枯山水庭园以石与沙为主，而白沙之上不可缺少变化之线条寻痕。画此线条者或为寺僧，或为作庭专家，皆需受高度技艺之训练。而白沙之上一经画线，往往保持多时，因此枯山水之庭园是属于视觉的欣赏、心灵的享受，绝不准人徘徊践踏的。在功用性质上，枯山水庭园不同于洄游式的池泉庭园，它与人之间有距离存在，故为"拒人"之庭园。

虽然枯山水庭园以沙石为主，但是几乎每一方石庭都缺少不了绿色的点缀，而谈及日本庭园之绿意，除了草木之外，青苔也是构成的一大要素，尤其是京都的庭园，如果没有青苔，势将减色不少。苔本是繁殖于地面的一种霉类植物，只要气候低湿，可以不种自衍，但是日本的庭园崇尚苍老之美，而青苔非历时长久，不能蔓延，因此它也就变成代表庭园历史的一种标志了。京都三面环山，处于盆地中心，故终年多雨潮湿，适合于苔的生长繁殖，尤其山麓之区，青苔密生，最为可观。由于苔本身具有一种厚重的质感，其色虽浓翠，却不绮艳，加以苔本身所给予人的时间之联想，所以在文学上，任何一个名词，只要冠以"苔"字，立刻就能造成苍凉悲寂的效果，如"苔阶""苔砌""苔径""苔井""苔泉""苔池"等。当你面对京都的苔庭时，这苍凉悲寂的情调就更具体地呈现在眼前了。

谈到苔庭，任何到过京都的人都会联想到西芳寺，就因为这里的苔最出色，故又名"苔寺"。其实，许多人仅知苔寺之名，反不知西芳寺为其原名。西芳寺本为佛教净土宗寺院，其庭于十四世纪中叶，由当时名作庭家梦窗国师创作。当时的庭园大概是枯山水形式的，后因一次大水，冲毁原庭，而今只有山腰一区高地上的枯山水部分，保留着梦窗国师的手笔，其余较低区域，则为后人继作者。这个庭园位于西芳寺川畔，岚山与松尾山之麓，地形富于高低自然之变化。园中除上部梦窗国师的一区枯山水外，其余皆为池泉式庭园，以心形的"黄金池"为中心，有石径、小桥及花木竹林。无论枯山水还是池泉，皆没于厚厚的青苔里。据云，此寺之苔多达四十余种。六个世纪以来，这些形状各异、色泽不同的青苔，一任其自然衍生，故无论池沼之边、台阶之上、桥畔、径间，甚至石块上、树枝上，都蔓延着青苔，茸茸密密，如毡似锦，在那浓浓的青苔间，不知隐藏着多少兴亡盛衰的故事！西芳寺即以此遍地的苔闻名遐迩。又由于作庭历史悠久，园中古木参天，花卉丰富，故四季皆可观。尤其当枫叶转红之秋与白雪覆地之冬，景致最堪欣赏，是游客最多的时节。

比西芳寺规模较小，而同样以苔庭著名者有祇王寺。这是一座尼庵，为平清盛失宠的侍女祇王度其余生之处。寺内除祇王、其母、其妹等三人之墓外，另有近代京都名伎照叶（后落发为智照尼）之坟。仅此四处红颜遗冢，已足令人感慨悲悼，更何况寺前一片苔庭，与庭上密植的枫树！当其秋去叶落之时，此庭特别珍爱红叶，不予扫除，任其覆盖苔上，翠红参差，斑斑斓斓，夕阳残晖之下，特别有一种凄艳的情调，给我的印象最深刻难忘。

其实，苔庭并不限于西芳寺及祇王寺，京都大小名庭，就记忆所及，随便举例就有天龙寺、桂离宫、孤篷庵、聚光院、大仙院、金阁寺、银阁寺等，莫不以青苔之美增加庭园幽玄凝重的气氛。甚至于一般茶道庭园，以及民间里院，也都随处可见苔痕斑驳，京都人雅爱青苔之情形，由此可以想见了。青苔虽能自然衍生，但是践踏则枯死，所以美丽的苔庭，与枯山水庭园同样，都是属于视觉的庭园，却不便身临其境的。

写日本之庭园，如果不提及山的借景，可能是一大疏忽。因为无论是枯山水，或池泉式庭园，日本人作庭的态度是艺术创作，所以最高的境界在求其完美。但是庭园再大，总有囿限。若欲突破此限制，则需假借于大自然之背景，才能使有限之庭园画面，呈现无限之伟大景象。京都东北有比叡山、如意岳以及包括南禅、华顶的东山三十六峰；北有衣笠、御室；西有嵯峨、岚山、松尾、山崎等山，三面受群山包围。锦绣山河，该是作庭家梦寐以求的环境，此间名庭名园如此之多，诚良有以也。

京都的庭园，利用三面高山者虽多，然而最能发挥借景效果的，首推圆通寺庭园。圆通寺为十七世纪后水尾天皇之离宫，位于大悲山，占地不大，房屋建筑亦十分简单，因其庭园风景而著称。坐在该寺院的长廊上，眼前是一片横长方形苔庭，院中除三数组白石和枫树若干株外，更无他物。茸茸厚厚的青苔生满全庭，随地面自然的起伏而凹凸，产生柔和的光影明暗，似有旋律隐藏在那翠一色之中。当其月色朦胧之下，则看似荡漾的绿波，园隅静伏的白石，又如神话里的龙女出浴，庭中散发出妖异的气氛，诱人遐思。此庭坐落于大悲山之顶，庭之周围不设石垣，却以密植各色茶花而修剪整齐之树丛为墙，故春天花开之际，朵朵茶花点缀其间，有如巨大的花环拥抱翠庭，平添无限明媚。树丛之外，是大悲山的斜坡，可以看见老松七八棵，直立庭外。由于树丛设在山崖，居高远望，除高大的松树外，其余较矮的树木都变成林海一片，消失在视界之外，极目处是对面远方的比叡山。比叡山是日本关西名山之一，以其为佛教天台宗之发源地，成为观光之胜地。然而当你远眺的时候，山本身的美姿，将更深地吸引人。无论春夏秋冬，无论阴晴朝夕，它永远有可观的面目，人间果真有"山气日夕佳"的景致，比叡山亦可当之无愧了。圆通寺的风景因其特殊的环境，可分为三部分：近景为由青苔、枯石与枫树组成的庭园，界限设在茶花树垣；中景为树垣以外至比叡山麓的一片林海；远景则是雄伟的比叡山，而最妙处在那树垣外几棵矗立的老松枝干，分布均衡，将中景与远景分划成七八面，形成一幅自然的大屏风，使原本秀美的风景，因嵌入此屏风之中，更增加了几许东方的艺术美。据云，后水尾天皇深爱此庭风景，后虽因山高取水不便，而另营修学院离宫，然而晚年仍眷恋此间，频频驾幸观赏，日本人遂以"王者之庭"称谓，赠此庭园。

圆通寺的庭园本身并不大，却因借景而造成伟大的景象，然而其庭本身是拒人的，纯属供观览者。同为借山景之庭园，而可以洄游逍遥者有修学院离宫之庭园。此园设在高野川之东，比叡山云母坂之西麓，总面积约二十七万平方米，地势高低，富于自然的变化。分为下茶屋、中茶屋及上茶屋三部分庭园，下与中在平地，而上茶屋庭园在海拔约二百米之阜上，背控比叡山，面临松崎诸山峰，登高眺望，近景之池泽、林木，与中景之田园风光，尽在脚下，独有绵延的山脉横卧远处。日本的庭园绝大多数带有精巧的艺术气息，修学院离宫的庭园却能融合艺术美与自然美，故意保留未经凿造之朴野趣味。这个特色最显见于连接三茶屋庭园的畦道以及道旁的田园风光。秋天走在那条最平凡的泥路上，呼吸田野间带着浓郁稻香的空气，或薄暮时分，伫立道旁，眺望暖暖人村、依依里烟和远方起伏的山脉，你会真正身心舒畅，体会和平悠闲的情调。如果庭有庭谱，这一片美景，该是谱外最珍贵的一页。该园的天然风格，亦见于那一大片蓊蓊郁郁的原始林木。一入园，你就会有被树林包围的感觉，近方远方，高地低地，无处不是树，无树不高大。林荫深邃，增添了庭园的幽静，枝叶茂密，壮大了庭园的气派，冯延巳词"庭院深深深几许"正是此园最恰切生动的写照。

事实上，此间许多著名的庭园都各有其借景，例如银阁寺庭园，因其设于东山之脚，故庭连山、山亦庭，最得地宜，景象十分开展。他如金阁寺庭园之借北山，桂离宫庭园之借岚山，知恩院庭园之借华顶山，大德寺本坊方丈庭之借比叡山及其附近诸山峰等，不胜枚举。只因京都处于群山包围之盆地，故仅需举首之劳，山姿永远呈现眼前，任你饱览。每一座山从不同的角度看，又有不同的风貌，而当它们和庭园景致配合时，上帝的杰作遂与人间的杰作契合，奇景便展现于人间了。

空海・东寺・市集

在京都市西南区的东寺庭院内，每月二十一日有纪念平安时代文学僧空海的露店市集。三月二十一日是空海忌日，又恰逢周末，对于东寺这古老的习俗，我向往已久，早就计划着要去看一看热闹了。平冈教授的女助手那须小姐知道我拙于寻路搭车，所以热心地自愿陪伴我，并做我的向导。

到达东寺时已是上午十一点钟，正是市集最热闹的时候。走进东寺大门内，只见两旁全是搭着布篷的摊位，一个接一个的。摊子上摆着形形色色的都是便宜的货品，有吃的，有穿的用的，也有塑胶玩具、念珠香烛等，那情形就像是台北的圆环或南昌街一带傍晚以后的摊贩行列一般。若不是有几个生意人穿着和服，操日语，我真会误以为置身家乡呢！露店中间只留五六尺宽的过道，游人在那狭窄的空间里摩肩接踵，却都从容悠闲地浏览着货色。商人们尽管喝着，游客们尽管翻动着摊上的东西，看上去却很少有生意成交。但是大家都兴高采烈，似乎只在享受着节日的热闹气氛而已。

我们跟在人们背后，慢慢地向前移动，随便看看摊子上的煎饼、麦芽糖、陶瓷器、雨靴、零头布、塑胶花、羊毛衫、装饰品、明信图片……每一个摊位后的商人都向我们微笑招呼着兜售生意。我们只顾看，却什么也没买。就这样走了大约二十米，来到一个卖戒指的摊子前。那摊子属于一个老妇人，她的年纪至少有六十岁吧。一张黑黑黄黄、布满皱纹的脸，头发应该是斑白的，却染得漆黑，只有发根上新长出的部分留着一排银白色，她穿着一身灰暗的和服，外罩一袭素黑外套，干瘪的手中捧着一串念珠。她的顾客也都是一些上了年纪的妇女。有一个忧容满面的老太太伸着右手，那卖戒指的老妇人便在她手掌上的纹路里看相。我听见她们在谈："你今年有丧子之忧。""是啊，我的儿子刚去世。""真可惜，他是个很好的儿子哩。""啊，在娶媳妇以前，的确是不错的。""唉，人怎能够十全十美呢！"那老太太又向卖戒指的诉苦，说她有腰酸背疼的毛病。卖戒指的便从摊子上拿了一只银白色的假戒指，用那一串念珠在戒指上比画了几下，低头念念有词，然后把那只戒指套在老太太手上。戒指卖了五百日元。老太太端详着左手无名指上刚套上去的戒指，有点不安地问："这真的有效吗？"卖戒指的说："我告诉你有效，如果你自己没有信心，那可就是白戴了。一定要有信心才行哪！"于是她又从面前的纸盒子里取出一小包东西，打开来是折成三折的五彩佛图，中间夹着一张小字条，上书"南无大师遍照金刚"（空海法号）八字。卖戒指的告诉有腰背之疾的老太太，每天早晨吃饭以前剪下一个字，用白水冲饮，连喝八天，即可提高神效。这一小包东西和八个字又卖了二百日元。那老太太总算充满信心，满意地离开了。紧接着，又有一个老妇人诉说背疼，卖戒指的这次便用挂着念珠的右手，在那老妇人背上捶了几下，口中仍是念念有词。我不知道这次她要卖金色的假戒指还是银色的，不敢再看下去，所以催着那须小姐离开那摊位。

这列摊子从大门口一直排到东寺的总本堂金堂门口。我们顺路跨入堂内。这座金堂本创建于延历十五年（公元七九六年），后来一度失火而重建，现今可见的建筑物是庆长十一年（公元一六〇六年）丰臣秀赖再建的。其外观融合着和式、唐式及天竺式建筑的特色，华丽雄伟之中，透着肃穆的气氛，以其形态之美，与三世纪余的历史，列为日本国宝之一。金堂内部，光线幽暗，香烟袅袅，三尊巨大的木雕佛像庄严地安置在坛上，善男信女，虔诚地烧香膜拜。这里和外面的市集是两个完全不同的世界。被那浓厚的宗教气氛所感染，我们不敢大声谈笑，轻轻地绕一圈，推开厚实的木门走出来。

由于在幽暗静穆的金堂内逗留了一些时候，近午的阳光显得特别耀眼，市集的喧哗也更刺耳了。这一天，由于久雨初晴，赶集的露店特别多，东寺院内每一方地几乎都有摊贩，有张着布篷的，也有不设篷的，把货品摊开在草席上，商人盘踞着，顾客们则蹲着挑选翻看。女客们多麇集在衣物摊前，各色的衣料、袜子和围巾等，堆积如山，使人眼花缭乱，分不出美丑与好坏来。男客们则往往被摊满一地的工具所吸引，那儿有刀子、锯子、链子、铁钉、铁锤，以及一些女人叫不出名字的工具，多半生锈，也有一些是闪闪发光的。我看到一个中年男人翻遍了每一堆工具，又向摊贩问了许多问题，最后决定买一包铁钉子。摊贩不仅不厌其烦地回答每一个问题，收了五十日元之后，还连声道谢。这是一个享受买和卖的场合，赚钱倒在其次，所以生意人脸上的表情不像百货公司店员的虚伪，而顾客们购物时的心情也轻松愉快得多，双方之间似乎有一种感情沟通着，令人感到属于百姓的温暖和亲切。

在一棵枯松下，有个老头儿摆着一张大台子卖古钱，大大小小、铜锈斑驳的钱币零乱地散满一台子，而老头儿自己就坐在那台子中央。像每一个摊位一样，这儿也围着一堆人，我们费了一点力气挤到摊前。那些古色古香的铜币颇有些吸引人，我看到一枚小巧的钱币，铜锈特有的绿色分布均匀，相当美观。问老头儿这枚钱币的来源和时间。他告诉我，这枚古钱有千年的历史，是他家的传家宝物，如果我想买，他可以只收五百日元。人的心理真是奇怪，听了这价钱之后，我对那枚钱币的兴趣全消了，甚至觉得那上面可爱的绿色也染上了几分虚伪色彩。我明知那老头儿的无知和无心，也明知那枚钱币的无辜，但用价格评判事物，原是常人的通性啊。老头儿不明白我的感想，却在我背后喊叫："你在古董店里买，他们不要你两千日元才怪哩！"

来到一个卖鱼饼的摊子前，我们被三根一百日元的贱价所诱惑，每人买了三根。那个摊贩向我们宣传，这是南方四国岛的名产，味道特别鲜美，并殷勤地切下一块，叫我们试尝。我尝了一口说："好鲜！大概放了不少味精吧。"想不到话没有说完，那人竟在我肩头重重打了一下，责怪我："客人哪，您怎么说这种话呀！"我从来没有被生意人打肩头的经验，心里颇有些不舒服，但是那须小姐说那是主客打成一片的亲热表现，再看那个打我的人也笑嘻嘻的，只好摇摇头，快快地离开。

我们边看边走，无意间已经来到本堂西侧的墙内。此区平日严扃，不对外公开，大概因为这天是弘法大师忌日，所以门户大开，供信徒们膜拜瞻仰。墙内主要建筑物为大师堂和灌顶院两伽蓝。大师堂的历史较金堂更久，为康历二年（公元一三八〇年）建造的古老建筑物。虽六世纪以来不断翻修，却能始终保存着原形。如今木材黝黑，粉墙斑驳，更予人苍劲的感觉。灌顶院为真言宗密教神圣的道场，据云系当年空海仿唐青龙寺式样而建造者。两伽蓝前，香客大摆长龙，轮流上香膜拜。日本人拜佛的方式和我国人不大相同，他们先拍掌两次，然后合掌低首祈祷，祷告完毕，又拍掌两次。我站在那儿，只听得掌声连连，煞是热闹。庭前设有大香炉一尊，香烟很浓，一大群人围在周围，纷纷用手掬取烟雾，覆盖头顶上。空海的文学造诣数百年来为日本民间所崇仰，他们相信祭空海的香烟可以令人聪明，于是那须小姐和我也都依着做了。

有一群来自乡间的进香团在院中整队待发，人数约有数十名，都是上了年纪的男女，多数穿着朴素的和服，外披白罩衣，头上蒙白巾子，人手一拄杖。他们的面庞上有太阳的颜色和信仰的光彩，与都市人苍白而多疑的脸迥异。空海的名望，无论生前死后，深建于民间乡里。在日本，不管你走到哪里，只要说一声"弘法大师"，大家都会肃然起敬，而僧侣巡礼，沿途托钵，斗笠上每书"同行二人"，即意味着"弘法大师与我同在"。

西侧墙内，没有露店，同样洋溢着节日气氛。香烟袅袅，诵经声朗朗，善男信女，往来穿梭，碎石子路扬起尘埃蒙蒙，在正午的阳光下，交织成一幅浓厚东方色彩的图面。举首眺望，可以看见金堂东侧五重塔的尖顶和墙外烛台型的建筑物"京都塔"。那三百余年前匀称庄严的塔，与二十世纪流线型的塔，正代表着今日的京都——一个保留古典遗迹的骄傲，同时又慷慨地兼容今日科学文明的都市。这是一个奇妙的都市，在这儿，低矮而古老的日式木屋，可以和钢筋水泥的新型大楼比邻；在这儿，三味线的弦音，可以和爵士热门音乐并存；在这儿，梳高髻、穿和服、长带摇曳背后的祇园舞伎，可以和染红发、着露膝迷你裙的摩登少女同行。新与旧、传统与时兴，在这个都市里如此协调交融着，散发出令人不抗拒的魅力。这就是京都之不同于东京的地方，这就是京都之无法同于奈良的地方，也正是京都之所以为京都！

杂在信徒之中，我们随处闲逛，看到捧着念珠、摇铃敲木鱼的诵经人，看到膜拜弘法大师石像的男女，也看到特别公开的宗教法典。走完西院内一圈，从侧门出来，正好来到金堂后面的展览馆前。这里我以前曾经来过两回，但是在空海的忌日再参观一遍，该是颇有意义的。于是我们迈进了这幢东寺院中唯一的新式建筑物。人群都被外面的市集和膜拜仪式吸引去了，因此展览馆内除我们以外，只有三五个兴致特别浓厚的参观客，三层楼的房子显得十分幽暗空荡。底楼所展览皆为日本近世文物，有丰臣秀吉手笔及明治天皇御用物等。

二楼展览室中则以空海为主题。有一幅巨大的空海肖像，上有后宇多天皇（公元一二七四至一二八七年在位）宸翰书赞，历史至少在七个世纪以上。画面已呈深黄色，字与画仍然清晰可辨。画面中央绘着空海，身着袈裟，盘坐矮几上，面庞团圆，表情慈祥肃穆，双手自然地垂在腹前，右手持五钴杵（密教法具之一），左腕悬念珠。几下有布履一双、铜壶一只。画的上下题满了与东寺有关的赞语，后宇多天皇特以大师流书体（即空海字体）书写，可见其对空海心折崇仰之一斑。

有空海一生行迹画卷一轴：空海生于光仁天皇宝龟五年（公元七七四年）。本姓佐伯氏，为四国赞岐地方望族之后。幼名真鱼，生而聪慧，五六岁后，即以神童闻名乡里。年始十五，随其舅父阿刀大足学《论语》《孝经》及史传，又兼学文章。十八岁，入京游学槐市，更学《毛诗》《尚书》《左氏春秋》等。大学明经道科及第后，本为族人期以光明的官僚前途，不料于学期中偶遇见一修行者，从学神秘的虚空求闻持法，乃断绝仕宦之念，开始苦行，遍历幽山深谷。尝谓："我之所习，古人糟粕，目前尚无益，况身毙之后？此阴已朽，不如仰真。"二十岁时，毅然剃发，受沙弥戒。二十四岁时着《三教指归》，以论儒佛老三教，然而佛学上的疑问时悬于心中，遂萌入唐求法之志。当时正值遣唐使盛行之际，日本政府多派遣留学生及学问僧入唐学习，以吸收我国唐朝之先进文化。延历二十三年（公元八〇四年），空海三十一岁时，被选为请益僧，入唐留学。与他同行者，尚有日本另一高僧传教大师最澄。空海在唐留居三年，从长安青龙寺僧惠果专研佛法，极获赏识，受真言密教传法位之灌顶，并得真言教文、法具等。最澄在唐期间，则学习佛教天台宗。二人返归日本后，对日本佛教界的贡献皆至为巨大。初时空海与最澄颇有携手共为促进佛教改革的企图，可惜后来因二人性格与宗教观之相异，感情日趋恶化，更因最澄之弟子泰范叛师投归空海接受灌顶，遂导致绝交。嵯峨天皇对空海恩宠优渥，以高雄山神护寺做密教道场，又以高野山为入定处。弘仁十三年（公元八二二年），更赐东寺为密教活动之大本营。空海一生除致力于日本密教之宣扬外，以其个人禀赋之才艺，在文学方面，造诣亦极高，所著诗文，颇有可观者，多保存于《性灵集》中。又当其留学唐土时，不仅从事于佛理经典的搜集，更兼及外典之运输，曾谓："师有二种，一道二俗。道所以传佛经，俗所以弘外书。真俗不离，我师雅言。"据《性灵集》所载，其所携返之唐人诗文有王昌龄诗格及诗集、贞元英杰六言诗、王智章诗、朱书等多种。所著诗文论《文镜秘府论》虽未必有其个人之论旨，然广收我国六朝及唐人的论著，详析诗文法规，对日本当时及后世汉文、汉诗的贡献不小。此外，空海又擅长书法，其与最澄之三通书状，第一通以"风信云书云云"开始，故世称"风信帖"，一向被尊为书道典范。

空海在日本宗教及文学上虽有上述的贡献，但是千余年来，他之所以被一般民间妇孺所亲近景仰者，毋宁是因其生前所施种种救济事业。他曾经在其家乡赞岐，凿池以利民众，又创设闾塾，广收贫民子弟。故百姓恋慕如父母，闻其来临，必倒屣相迎。而自醍醐帝延喜二十一年（公元九二一年）追赠"弘法大师"之号以来，"弘法大师"这四个字更成为日本民间信仰的偶像了。

二楼展览室的后半部所陈列者即为空海遗物。有密教法具三点——五钴杵、五钴铃、金刚盘。一说即惠果当年授予空海者；又有一说，谓系杨忠信、赵吴等之新作。皆完好无损，保留着铜质的光辉，端整而精致。有海赋莳绘袈裟箱一具，即当年空海自唐返日时收藏犍陀谷系袈裟之箱。平安初期的木质衣箱竟然至今保存如新，丝毫没有损坏，不得不佩服日本人的细心，也可以想见佛教在日本受重视的情形了。那黑色底漆绘有五彩鸟形花纹的箱子，无论形状、图案与漆工，以今日审美观念来评判，也都不失为一流质量。典雅而富丽，正是平安时期升平的象征。当年装在此箱中的犍陀谷系袈裟却远不如箱子的完整。这件由惠果赠予空海的袈裟，实际上仅余破损的数片，重裱在一张绢上，斑驳模糊的彩色花纹，只能凭想象去追思往昔了。然而日本人极珍视历史，这几片零碎的布片被小心翼翼地收藏在玻璃柜后，与前面的法具、袈裟箱同列为国家财宝。遗憾的是，今日我们要瞻仰唐代遗物，想象先人的生活，唯有在京都奈良的博物馆中窥其一端罢了！

挨着袈裟箱，有两串念珠放置在紫色的绢巾上，一串是透明的水晶念珠，一串是赭色的菩提树念珠，前者为惠果授予空海的法具之一，后者传为空海在唐时顺宗所赐者。此外更有三尊精致的观音菩萨立像，及空海用过的风字形砚台、剃刀箱等。

中央的一面玻璃柜中，展览着空海的字迹，那幅有名的"风信帖"放置在正中最显著的部位。这是自唐返日后，空海与最澄情感未破裂时，由空海致最澄的一封信。看着那潇洒的字迹，想象千余年前佛门二师从挚友化为敌对的悲剧，不能不令人惋叹！除"风信帖"外，尚有最澄所写的《弘法大师请来目录》，记述当年空海自唐运回日本的种种内外典籍和佛像、道具等。又有详载东寺建立沿革的《东宝记》，以及后宇多天皇宸翰和曼荼罗二幅。

三楼主要是佛像展览。有高达八米的巨大千手木雕佛像以及木造兜跋毗沙门天立像等，皆庄严肃穆，造型优美，充分发挥了佛教艺术的极致。予我印象最深刻的是，一个小展览室中横一排陈列的五尊木雕佛像。姿态动向虽各异，而身材齐一，面部表情亦相似。

每一尊像都经过细腻的雕工，无论脸上的线条，还是发纹衣褶，皆十分柔和自然，整体上更呈现出慈祥端庄的气氛，令人感动，不忍移目。这五尊佛像乃平安期遣唐使时代，遣唐僧人从我国运回日本的。当时船舶简陋，航海技术亦尚未发达，这样巨大而沉重的佛像，居然冒风浪之险，千里迢迢，完整地运来日本，实在不能不归功于虔诚的宗教信仰了。

看完展览物品后，我们从市集较少的东院漫步走向五重塔。东寺的庭园未若京都其他寺院的庭园整齐美观。由于进香朝拜者众多，草坪常受践踏而零乱枯秃，院中池水一泓，也只有浮萍处处，不见修饰和保养。

经过了漫长的冬季，如今阳春三月的日光普照一地，柳条吐新芽，枝间有鸣禽，配合着远处传来市集的喧哗，这儿充满了百姓的、可亲的情调，却也别有动人之处。在暖洋洋的和风里，跑两步，伸一伸腰肢，我似乎嗅到春的气息。于是继续朝姿势优美的五重塔走去，结束了这次的东寺巡礼。

樱花时节 观都舞

今年冬天是京都近三十年来稀有的一个严寒冬季。京都人自古相信过了三月二十六日的"荒终"❶，天气就会转暖，春天就会来临的，然而今年的春天比往年整整迟了一个月。三月里还飘了几场粉雪，虽然轻如鹅毛，着地即化，却因为相伴而来的刺骨寒风，颇令人有些难耐。进入四月之后，下过几场雨，气温竟快速地一次比一次升高，桃花和梅花相继开放，樱花含苞了，柳条也吐芽了。于是，有一天早晨醒来时，发觉全城的樱花已在一夜之间开放了，鸭川之畔、疏水之堤、人行道旁、墙里墙外，整个京都被那深深浅浅、如霞似雾的樱花点缀得明媚无比。骤然地，春天已来临人间了。春天用那粉红色的樱花具体地展现在人们眼前。

---

❶ 荒终：相传从前京都附近平良山上有一和尚与少女恋爱，少女每夜摇船渡过琵琶湖去私会和尚。后来和尚变心，不愿少女再访，三月二十六日之夜，故意将灯火熄灭。是夜，月黑风高，少女迷失方向，遂溺毙湖中。从此阴魂不散，年年三月二十六日，琵琶湖上风急浪高，京都一带天气恶劣，过了此日，荒寒终结，气候始真正转暖。

在风雅的日本古都,春天的信息不仅飘荡在樱花枝头,更散漫在舞伎袖间。每年自四月一日开始,到五月中旬,京都祇园的艺伎和舞伎们,定例要在四个场所表演歌舞——"都舞""京舞""鸭川舞""北野舞"。京都人要看过祇园的歌舞,才算度过隆冬,迎接春天;这就像是观赏了南座的歌舞伎颜见世❶,才体会一年的终结一样。他们总是用一点罗曼蒂克的气氛来划分四季,点缀生活。

四月中旬的下午,熙日暖风,空气里洋溢着悠闲而醉人的情调。我和秋道太太相约去看春季四大歌舞表演中最具代表性的"都舞"。河原町三条到四条之间,有如台北市的成都路一带,是商店最多、人口最密的繁华区,京都市一半以上的娱乐场所都设在此。"都舞"的传统表演场所"祇园甲部歌舞练场"便坐落在这都市中心区的弄堂里。出租车在四条大路边停止,舍车之后,要步行过竖立招牌和两旁结彩的巷子,才能到达"歌舞练场"。这儿有宽敞的停车场,门面也十分气派。可能是为了配合近年来外国观光客的趣味吧,那日式构造的建筑物却铺着绿色的地毯,因此可以免去脱鞋之劳。我们买了头等票,除观舞之外,还可以参加一个日式茶会。大厅里已有不少客人排队等候饮茶。承秋道太太好意,我得以利用等候的时间,匆匆浏览一下庭园。歌舞练场的内庭相当大,有假山与池塘,布置优雅。几株垂

---

❶ 歌舞伎颜见世:歌舞伎为日本古典艺术表演之一种,有几个分类似我国京戏。京都每年岁末,于河原町四条南座戏院举行全国名角联合表演,称为颜见世。详见《岁末京都歌舞伎观赏记》。

柳在和风中轻摆嫩条。樱花的浅红色、茶花的深红色,以及水中时隐时现的红鲤鱼,使园中充满了春的景象。

顺序走入内厅后,大家静坐,等候接受茶道款待。我以前曾经参加过几回日式茶会,都是在榻榻米上席地而坐,这次有桌椅的茶会倒是第一次。厅前中央稍高,有如舞台,特别布置成日式房间内景形式,而放置一张长方形的台子和两张椅子。台上端整地摆列着茶道用具——茶炉、茶碗、茶筅、勺子等。不久,从舞台一端走出两个梳日本高髻、穿着华丽和服的妇女。她们青春的面庞掩藏在厚厚的脂粉之下,由于粉过分的白,额际、耳朵及后颈发根部分没有涂粉的地方就显得特别的黄。脸上的修饰也略显呆板僵硬,眼角一抹红,上唇用白粉遮盖,而只在下唇中央点绛,加以没有表情的表情,使她们看起来缺少生气,像是两个假人。当她们转身的时候,我看到她们低低的后领、露出半个同样刷得雪白的颈子和背部。西洋妇女以袒胸为美,日本妇女却以为长长的后颈最具魅力。不过一般家庭妇女穿着和服时,不肯随便放低后领,露出颈背,因此从服饰上也等于可以分辨出她们的身份了。二人徐徐地走到舞台中央,向客人深深鞠躬后,分别坐在两张椅上,开始沏茶。由看起来年纪稍大、资格较深的一位主持,另一位坐在旁边充当助手,传递茶巾、用具等。本来一般日式茶会应该是逐碗沏茶待客的,然而由于客人太多,无法依照规矩,舞台上只是表演性质,将茶道始末示范一次罢了,席间另由数位服务生端出茶点来分送客人。日本茶道源起于禅宗，以肃穆从容为原则，然而此刻厅内人语嘈杂，服务生团团转，加上西洋观光客拍照的镁光灯闪耀，莫说禅宗的精神，就连一点品茗的情致也消失殆尽了。我深深遗憾，文化商业化的结果是如此俗劣！舞台上的表演尚未完毕，已有一个中年男人催促我们进入戏院内，以便让下一批茶客进来。戏票是不对座的，所以为了抢好位置，大家纷纷起座离席，拥进另一扇门内。我注意到舞台上两位艺伎的尴尬表情，心中忽然有说不出的难过。这是失礼的。就像是在音乐会或演讲席上半途退出一样，对表演者是一大侮辱。谁能说厚厚的脂粉下没有一颗善感的心？谁能说呆滞的表情下没有一份自尊？于是我要求秋道太太留下，耐心地看完全程，并以鼓掌表示赞美。

在戏院内等开幕的时间，我们闲聊着，话题自然地转到祇园的舞伎和艺伎身上。秋道太太是地道的京都人，从小生长在祇园，所以她对当地习俗颇为详熟。在祇园一区，有一部分妇女世代相袭地以舞伎、艺伎为职业。战前，一个女孩子在她六岁的时候，就要开始接受歌舞的训练；战后，由于国民义务教育的延长，这些女孩子也和一般家庭的子弟一样，必须接受中学教育，然而，她们在课后，仍然要依照旧俗，跟从师父进行严格的歌舞技艺训练。等到中学毕业后，便可以正式下海，成为舞伎。多数舞伎为达官富翁之庶女，或退休艺伎之私生女，因此她们往往生活在只有母亲而没有父亲的家庭里，也有少数自愿从事舞伎生涯的女孩，则是出身于普通家庭的。舞伎的职业是在宴会席间歌舞以娱人者，而宴会多设在晚间，因此她们自然也就成为过夜生活的人了。近来日本妇女着和服者渐少，除了年纪较大的妇女有时仍以和服为日常服外，一般年轻妇女只有在新年或参加盛大宴会时才穿着和服。这个原因，一来因和服长及足踝，两袖肥大，腰间又裹扎宽而硬的腰带，行动极不方便；二来则因裁制费时，衣料昂贵，一袭和服往往在千、万日元以上，非一般人所能多备。不过舞伎们既以表演古典歌舞为职业，和服遂成为她们的第二生命，不但求量之多，更求质之佳。同时，她们的头发也总是梳成高髻，佩戴簪饰，以称身上的华服。而梳成一个高髻，也是既费时又费钱的，所以为了保持发型不乱，夜间睡眠时只能将颈部靠在木质的高枕上。这对于一般睡惯宽大而厚软枕头的人是不可思议的，高枕是否无忧，冷暖自知，且不说，为护三千烦恼丝，她们的努力也实在可歌可泣了。舞伎是属于昼伏夜出的一群，华灯初上的时分，正是她们严妆待上场的紧张时间。在这之前，她们要花费许多时间和精神去修饰自己，用水调白粉，将青春的肌肤层层地遮盖起来。通常一个舞伎的职业年限并不长，从十四五岁到二十岁左右。超过二十岁，身体发育成熟，便失去稚美，那时候她们就得主动或被动地退休，而升做艺伎。所谓升艺伎，实际上意味着少女生活的结束。在她们以歌舞娱人的岁月里，自然会被一些爱慕者所包围，她们就在其中择人而适，得到精神的寄托和生活的保障。不过，舞伎的命运往往是悲苦的，她们除了极少数的幸运者，有人出巨金赎身，得正式结婚，享正常生活外，大部分的归宿乃为人侧室，甚或沦为多数人的情妇。一旦退出舞伎圈，便专以宴席待客为终身职业，待年华老去之后，或以一生积蓄自己开设饮食店，或收门徒传授歌舞技艺，而绝大多数只有将女儿或养女视作摇钱树了。于是在祇园的花街里，历史一代一代地重演着。我个人对舞伎和艺伎十分同情，曾就此事探问过许多人的意见，使我惊奇的是，一般京都的人对舞伎和艺伎并不存蔑视的心理，她们甚至因被视为京都传统文化的保存者而受到某种程度的尊敬。至于她们的不幸遭遇，别人和她们自己似乎都只是视为不可改变的宿命而已。

时间在我的感慨中流去。灯光转暗后，正面舞台的幕徐徐升起，展现于观众眼前的是四扇紧闭的巨大银色纸门。继之，舞台两边斜出的花道上边的幕亦升起。左方是十一位着黑色和服的艺伎，正襟危坐，各斜抱一具三味线，年纪约在三十岁上下。右方是九位着紫红色底碎樱花图案和服的艺伎，年纪似较弹三味线的稍小，靠舞台的一位吹横笛，余皆为鼓手。在一曲序曲之后，戏院两旁边门里，突然响起娇呼"都舞开始了啊！"的声音，接着左右花道上闪出两排高矮齐一、服装相同的舞伎，每边十四人踏着"能"❶的步

---

❶ 能：起源于日本南北朝至室町时代之艺能。为一种借用假面、剧本、音乐、演技等独特方式之歌舞剧。

伐，缓缓移向中央舞台。她们每个人都穿着上蓝下黄而满绘五彩花纹的长袖和服，腰间华丽的宽带在背后打结而长垂着。梳着高髻的头上也插满发簪、缎带和花朵等饰物。在强烈的舞台灯光效果下，显得绚烂无比，令人屏息。二十八位舞伎成一横排地站列在银门的背景前，随着弦鼓的节奏起舞，算是"都舞"的序幕。

"都舞"在京都演出已有九十八年的历史，每回都循着春夏秋冬四季之主题顺序，而终曲再回到春天的樱花舞。第一景为"北野之春"。舞台背景画着京都市西北部天满神宫的梅林。天满神宫为祭祀平安时代大文学家菅原道真的神祇，园中种植二千五百株红白梅花。半个月前我曾经去看过，如今面对着舞台上的梅林，不禁想起那一片美景和难忘的梅花清香来。十二位穿着蓝底印白梅和服的舞伎，人手一枝梅花，以整齐的动作款款起舞，姿态绰约，有如十二个清秀的梅花精。可惜日本的古典舞蹈只讲究身段手势之动态，尤其这"都舞"属于"井上"流派，源起于"能"的精神，动作徐缓含蓄，脸部则始终不露表情，所以无法透过那雪白的粉脸看出春的欢愉之情。

第二景为"岚山的夏雨"。舞台设计十分科学化，换景全用电动，前景升起，背后即露出次场景物，所以不必降幕。景与景之间，只消灯光转暗，顷刻间即可以继续上演，节目的编排非常紧凑。这一景画的是京都西南郊外风景区岚山的大堰川，河堤上有杜鹃花数株，以代表初夏时间。开始时，舞台微暗，用光影的效果，造成阵雨景象，不久灯光转亮，于是一幅岚山初夏的风光便展现在眼前。近处的松、川上的桥和远方的山峰，虽只是彩笔描绘，却也十分传神。这次是四人舞蹈，都穿着夏季淡色的和服，头上并蒙着白巾，表示遮雨。时而两两相对，时而相背回顾。舞过一阵后，除去蒙头的白巾，配合着乐声，做出揩拭袖端雨点的动作，倒也娴雅可爱。这一场舞蹈，由于较富故事性，所以易为外行观客所接受，但就舞论舞，未必是上乘的表演。我对日本的古典舞蹈完全陌生，但在理论上明白，艺术的最高境界并不在取悦于人，所谓"曲高和寡"的道理便是指此的吧。

在正景与正景之间，有时也穿插狂言❶风的别舞，例如第三景与第四景之间，便有一场表现祇园街头町人❷风俗生活之舞。背景除祇园区风光外，远处并绘着京都东北区的名山大文字山，而歌舞之间更以灯光照成燃烧的效果，用以代表京都盛夏大文字山送火的风俗。这种节目编排上的细微处，正足以引起京都住民的共鸣，这或即"都舞"如此广受爱戴的原因吧。

第三景为"大原之秋"。洛❸北大原的秋景是壮观的，尤其那

---

❶ 狂言：能表演时，穿插于正剧之间，以调节沉闷气氛而娱宾之剧白、歌谣或舞蹈。

❷ 町人：江户时代称居住于都市之工商业者为町人。

❸ 洛：京都之雅称。《随意录》："京都称洛者，旧拟彼方洛阳耳。"

三千院前的苔迹和红叶,更是无与伦比的美景。这一幕的背景即取材于此。深深浅浅的红叶和白果的黄叶,缀满了古老的三千院木扉前。右前方则设有流水,并架起小桥一座。两个十来岁的女童扮成卖柴的大原女❶,从那三千院门内舞出。动作稍显生硬,尚带着浓厚的稚气。然后,从两边侧门里出现了十二位背后曳长带的舞伎。忽而徘徊,忽而弧转,姿态曼妙,动作娴熟。一时间,丹枫黄叶的舞台上,衫飘裙动,步摇钗颤,看得人眼花缭乱。由台上翩翩起舞的稚女和少女,移目向两边花道上击鼓拨弦的艺伎,我禁不住有所感慨,这就是祇园女人的写照啊!青春像花朵一般美好,但是花朵会谢,青春易逝,一旦年华老去,她们就得从豪华的人生舞台退居黯淡的花道上了。古今祇园的花巷里也不知产生过多少艳伎名旦,在这儿,"长江后浪推前浪"是一句最恰切的比喻。色艺生涯原本空虚,谁又能在时光的流转中把握得了什么呢?

第四景为"圆山之雪"。这是唯一采内景的舞台。榻榻米地、格子纸门及低矮的回廊,表现出纯日本式趣味,而廊外的雪景和雪花飘飞的效果,则象征着冬季。灯光亮起后,由舞台下层后方升起一长方台,用电动方式推向舞台右侧。上面坐着六位着淡紫色和服的艺伎,最左方的弹琴,顺序下来,两位击鼓,两位弹三味线,而

---

❶ 大原女:平安朝以来,大原妇女即以当地所产柴薪供应京都人著称。彼等以白巾蒙发,着布衣白裙,足蹬草履,柴薪则顶于头上。

最右方的拉中国式胡琴。这次花道的帷幕低垂，乐队退下，专由这六人奏曲歌唱。秋道太太告诉我，这形式便是典型的祇园式宴会场面。主舞的两位舞伎，一着黑衫而下摆有绚丽彩花，一着蓝衫系金色腰带，二人的衣裙内里皆用艳红色，故而举步顿足间，十分妖冶惑人。款歌曼舞少时，又从两方舞出四位舞伎，一着淡紫色，一着浅绿色，一着水红色，一着嫩黄色，颜色配合得宜，极柔美优雅。秋道太太又悄悄告诉我，这几位舞伎身上所穿戴的服饰都是最上乘的货色，非几十万日元不能得。此话不虚假，我曾经去参观过西阵织[1]馆，有一位正在织腰带的老师傅对我说过，一条讲究的腰带往往费时月余始能织成，而无论其花式还是色彩的配合都堪称艺术品，价钱自然也就要比照艺术品了。京都的妇女向以"穿倒"著称，京都的艺伎和舞伎更不惜一掷千金以换取心爱的服装，而为筹这一笔庞大的置装费，她们所抵押掉的，往往是整个青春！

最后一场舞蹈是樱花舞。灯光由暗转明，照出满台的樱花，由远景山峦台阁间隐约可见的樱林，到舞台前方布置的十几株樱树，以及从舞台上方垂吊下来的樱枝，只见一片嫣红，明媚耀目。观众席上赞叹声连连。这也是一场群舞，包括前几景所有演出者，因此台上色彩缤纷，人花竞艳，热闹非凡。年年逐春，从樱花开始，祇

---

[1] 西阵织：京都市区西阵之地所产织锦，华丽绚烂，闻名全日本。此区产业自十五世纪以来，多世代相袭。今大部分生产方式已改为机器化，但仍有少数沿用传统手工业，最受珍爱。

园的"都舞"把春的信息带给了人间。

我曾经和秋道太太同观南座的岁末歌舞伎表演，如今又与她共赏祇园的都舞。这真是不可思议，我们相识不过半年，她比我年纪大十多岁，两人却已变成无话不谈的知己。是因为对中国文化的向往，使她在我身上找到一点中国人的气质，而对我特别亲近吗？是因为我的日语尚能沟通彼此间的感情思想而缩短了两人的距离吗？还是只因为我在旅行，所以奇妙的事情特别多呢？第一次单身在异乡生活，竟能有如此可贵的友谊，岂非幸运？歌舞练场外，春风和暖，我内心也弥漫着温暖与安慰。

从歌舞练场走出来，穿过四条，对面是行人较少的典型京都老街。迎着拂面的和风，乘着观舞后轻松的心情，我们手挽手漫步在曲折的小巷里，走过一条又一条的石板路。有的弄堂夹在民房中间，窄到仅可两人并行，有的小径甚至看起来就像是在人家里院一般。如果不是秋道太太做向导，这样的街巷我自己是绝对不会发现的。这几条小路就在两条大马路的中间，但是闹中取静，听不到车声喧哗，也看不到商店橱窗的玻璃反光。走在这儿，你会有一种悠闲自在的感觉。我尤其喜欢那两边高高的古老土墙、墙头探出的樱枝柳条、墙脚斑斑的苔痕，以及苔上凋零的茶花残瓣。偶尔有三两少女谈笑走来，我们便侧身让路。不知不觉间，已穿过几条巷子，来到市中心的圆山公园。

圆山公园在一座小阜上。地形富于自然的高低变化。园内有池塘、小桥及层层石阶。又因为种植着千百棵樱树，而成为一般市民赏花的好去处。在樱花季节里，日夜开放，供人欣赏。由于今年的冬天特冷，冷的时期间又特长，如今好不容易樱花怒放了，大家便等不及地拥向这儿来。整个公园里，到处铺着草席，男女老少，站着、坐着、躺着，正饮酒欢乐。日本人平日多拘谨严肃，但是在赏花的时候却能尽情开怀。我看到三五成群的男人，脱去了西装上衣，用白毛巾围着头，正醉醺醺自得其乐地拍掌歌唱；看到一对老夫妇，在儿孙的合唱声中，踏着摇摆不稳的步伐跳舞；也看到醉得不省人事的中年人，睡倒在碎石子路上。大家似乎只管自己陶醉，全没有将别人放在眼中。人们醉在酒中，醉在花下，醉在暖洋洋的春光里。

我们悠闲地拣可走的地方步行，放眼望去，樱花处处。有浅红泛白的"山樱"，花朵饱满，姿态挺秀；有粉红较深的"枝垂樱"，是我从前所没见过的，花朵娇小，枝条像柳树一般下垂，十分柔媚动人，有人把这种"枝垂樱"比喻为日本女性，真是最恰切不过了。千朵万朵深红浅红的樱花，在远近绿叶的陪衬下，如景云，似彩霞，实在美丽可爱。以前如果有人问我，四季之中最喜欢哪一季？我总是毫不迟疑地回答：最爱秋季。如今，看过京都的樱花，我竟不知自己是最爱秋季，还是更爱春天了。

步下层层的石级，走出公园外，有一条蜿蜒的柏油路通向知恩院。我们两人漫步的兴致未减，因此便继续沿着那条东山麓下的路向前走。这条路十分干净，微呈上坡。知恩院的古老庙宇便在那斜坡的尽头。此区离公园较远，游客稀少，喧哗淡去。斜阳冉冉，洒满一地金粉，将我们两人的影子拖得长长。我把一只手插在秋道太太宽大的和服袖袋里，紧紧地挨着她走，一面听着她喃喃诉说祇园的儿时琐事。然而，我的思绪飘忽，像一只在春风中放了长线的风筝，捉摸不定。她那软绵绵的京都腔，有时像不眠之夜的催眠曲，只经过我的耳朵，却没有进入我的脑中。而她呢？只顾自己谈着，谈着，似乎也不一定要我细听，已跌入她那甜蜜的往事中了。我们有时驻足瞻仰高大的建筑，有时徘徊在钟楼底下，却谁也没有费心去读那些木牌上的字迹。在这样的黄昏，我不再关心亭台楼阁的变迁，不想查究人类哀荣底事，也不愿把任何俗务摆在心头。只因为这暮春的景色太醉人，我心中有些微的激动和莫名的感伤。

神户东方学会杂记

在五月初的时候,许多住在近畿(即京都、大阪、神户)附近的外籍学人,以及日本本国学者都收到一封东方学会关西支部长贝冢茂树先生发出的请柬,邀请参加五月二十三日在神户郊区芦屋市的"滴翠美术馆"举行的国际东方学者联欢会。由于此次我被邀请为当天外籍学人演讲者之一,所以事实上,早在四月底时就已获悉此事了。

日本全国之中,有关东方学或汉学研究的组织不少,而东方学会为其中历史较久、组织庞大且实力雄厚者。尤其以联络国际学人为宗旨和会员包括日本本国及外籍人士来说,是其不同于其他组织的最大特色。

东方学会始创于昭和二十二年(公元一九四七年)。事实上,远在大正十年(公元一九二一年),日本外务省即开始从事对中国文化之研究活动。中日战争时期,其实际策划业务,由"大东亚省"主持。其中,纯属学术之研究机关者,有东京的东方文化学院以及京都的东方文化研究所。战败之初，日本举国紊乱不景气，"大东亚省"的事务遂告停顿，东方文化学院与东方文化研究所几经波折后，前者归入东京大学为东洋文化研究所，后者归入京都大学为人文科学研究所，而保留至今。当时，另有一部分对华文化事业系统之残余业务与财产，则在网罗国内东方学关系学者及促进与外国学者交流之构想下，创办了"东方学会"，而由京都大学前总长兼东方文化研究所所长羽田亨先生出任会长。日本学术文化之中心在东京与京都，而两地相距近四百公里，往返奔走颇费时间与精力，因此"东方学会"乃分设支部于东京及京都二处，以便利两地日本学者及外籍学人。二支部虽同属"东方学会"，然而其资金来源及活动方式各自独立。例如东京支部于昭和二十六年（公元一九五一年）出版《东方学》杂志创刊号，而京都支部则把重点放在举行讲演会方面，平均每三个月有一次讲演。这个以东方文化研究为目的，而以沟通日本及外国学人为宗旨的"东方学会"，其会员采取较严格的推荐制度，而不收会费。会员当中，包括汉学、东洋史学、东洋哲学、东方地理学等凡与东方文化有关之研究者。此外，诺贝尔奖得主的物理学家汤川秀树，以及农学家并河功、经济学家青山秀夫诸人，虽非东方学研究者，以其个人对学术的广泛兴趣与关心，亦于该会创立之初，受羽田会长之邀请，列为会员兼评议员。至于外籍学人，凡是在日本居留较久，而在东方学研究方面有卓越成绩者，亦得受邀请为会员。因此，这是一个网罗了日本第一流东方学研究者及部分世界各地东方学者的学术性组织。该会除了出版日文的学术半年刊《东方学》外，另有欧文杂志 ACTA ASIATICA、Books and Articles on Oriental Subjects Published in Japan 及 Transaction of the International Conference of Orientalists in Japan 等刊物。

设于京都的关西支部，自昭和二十二年创立以来，事实上即以京都大学为主，例如当初主办筹备的吉川幸次郎、梅原末治、贝冢茂树等三位先生，便都是当时京都大学的教授。因此，每当关西支部开会的时候，京都大学的学者总是占着很大的比例。又由于京都是日本的文化古都，同时也是当今的学术重镇，成为外籍学人向往的研究工作环境，所以以联络日本学者及外国学者为旨趣的讲演会中，外国学人应邀参加者亦颇踊跃。

这个以国际学人联欢为目的的东方学会关西支部聚会，每年在近畿附近举行两次，一次是在新绿的五月，一次是在红叶的十月。聚会的精神兼重学术气氛与感情交流，故多采取学术讲演与聚餐形式。同时聚会地点也不固定于一处，而轮流借用近畿一带环境优雅的博物馆或私人宅第，以兼收览游之效果。今年的新绿期聚会地点选择在神户郊区的芦屋市一家私人的"滴翠美术馆"，距离京都约有一个半小时的车程。由于芦屋市离京都、大阪及奈良诸地较远，为顾及与会者的便利，请柬上开会时间特别注明是在近午的十一时。

从京都市乘阪急电车到芦屋市要转一次慢车，当日正值周末，又逢晴天，更因正值大阪万国博览会期间，所以车站里的人特别拥挤，每一班车也都客满，幸而平冈先生和我们几个中国朋友相约在阪急起点站的河原町四条地下车站等候，因此得有座位，享受一次舒适而从容的旅行。由于搭车与换车意外地顺利，到达芦屋市的时间比我们想象的稍早，于是就在车站附近的咖啡馆小憩一会儿。本拟乘出租车赴目的地，却巧遇车行司机罢工而作罢。只见十几辆出租车停列库内，门口有铁栏横挡，上面贴满标语口号，而司机们则蹲在门前抽烟闲聊。这半年多来，我看到日本不少的罢工和罢课，这是民主社会争取新决策、新制度的手段之一，虽然有时也有某种程度的效果，但是为此所造成的公私双方的损失也往往不小。既然没有出租车，而时间尚早，我们便决定边走边欣赏风景。

芦屋市虽只是一个小镇，却为近畿一带有名的高级住宅区，许多大阪神户的财阀富翁都在此有房产及别墅，而一般日本人只要知道某人住在芦屋市，也都会另眼看待的。难怪我们沿途看到的房子都十分豪华雅致，而几乎家家有宽敞优美的庭园及车库。走了十多分钟曲折而微坡的小路，看到路旁有"滴翠美术馆"的指示，顺着指示转了一个弯，便看到小路尽头的矮墙、铁门和白色的西式建筑物。五月的日本，杜鹃盛开，新叶翠色欲滴，眼前的景色正象征着这座私人美术馆的名字一般。

"滴翠"二字是这座美术馆的旧主山口吉郎兵卫氏的号。山口氏原为大阪财界名人，现今三和银行的前身山口银行的董事长。他生前雅爱艺术，尤其致力于江户大奥文化之研究以及日本陶瓷器之研究与搜集。晚年从财界退休，隐居于这所芦屋别墅后，更以古董之玩赏为日常生活。他所搜集的日本傀儡、羽子板（日本少女于新年玩耍者，由二人手持木制板互击羽毛球，其木板背面多绘人形，极考究）、扑克牌和京都与纪州两地的陶瓷器等，是今日有识者所公认的珍物。昭和二十六年山口氏故世后，山口夫人遵其遗志，将住宅改建为美术馆，并以其夫生前所搜集的古董约八百件陈列于馆内，供人观赏。如今这座私人美术馆已组成财团法人，副馆长即为山口氏长子山口格太郎。此次东方学会关西支部曾征得该馆同意，借用楼下会议室为讲演场所，并开放二楼展览室，展列以"江户时代之京都"为主题的名品近百件，以及日本早期扑克牌的特别展，专供与会人士参观。

走过茸茸的朝鲜草地与沙沙作响的碎石子路，我们看到矮树丛中石雕的佛像隐现着。在近门右侧的高台上摆列着约莫二尺高、五尺宽的石垣残片一段，下面的木牌上表明系我国汉代残垣旧迹。这使我想起去年冬天看过的另一座私人博物馆泉屋博古的我国古铜器展览，记得那儿有不少周朝及战国时代的尊彝和唐代宋代的镜鉴。也想起万国博览会美术馆中展列的两件唐代瓷器，竟是由日本美术馆所提供。至于奈良正仓院中的我国历史文物，更是多得数不清了。虽然艺术文化是不应有国境之分的，但是看到这样多的宝贵史物流落在外国，心中实在不能不有所感慨。

东方学会借用的会场在楼下会议室中。由于这座美术馆系由私人宅第改建而成，所以全馆中并没有太大的房间，而在这样的带有家庭意味的环境里举行聚会，正可以令与会者感到亲切温暖，倍收沟通感情的效果，这或许是主办人选择这个地点的原因吧。

由于参加聚会的人多数住在离芦屋市较远的地方，而这座私人美术馆又是许多人以前所未曾来过的地方，所以讲演会不得不较预定的时间延迟半小时。这次讲演会，通常邀请外国学人讲演，有时也可能有一位日本学者参加。这次的讲演，除了我代表文学部门之外，另有一位土耳其"伊斯兰美术馆"馆长约翰·克拉米特先生代表史学部门。在关西支部长贝冢茂树先生与东方学会理事长吉川幸次郎先生的简短致辞与介绍后，我便开始讲演。这是一次座谈形式的讲演会，事先我曾得到该会通知，讲演的时间以不超过四十五分钟为限，因而曾略加整理了自己近年来的一些研究心得，定题为"从游仙诗到山水诗"。内容着重于就文学发展的趋势，看我国中世纪诗的题材如何由游仙过渡到山水，而实际举例引用郭璞、谢灵运等的诗，作为参考证明。因为与会者半数是日本人，而其余半数，除中国人外，欧美方面人士多不谙中文，为求多数人了解，我的讲演遂采用了日语，而引诗诵读部分则用中文，以求韵律传神。虽然四十五分钟的时间并不可能做深入的探讨和充分的发挥，但是能够有机会用外语做学术性的讲演，对我个人而言，总是一次新的经验，而会后得因而认识几位外国学者，并得到与他们讨论的机会，也是获益匪浅、值得纪念的事情。

在十分钟休息之后，约翰·克拉米特先生接着发表讲演。他是一位五十余岁、身材高大的土耳其人，其讲演题目为"土耳其的考古学"。用英语讲演，而佐以放映彩色影片，介绍了许多中东的史迹和古文物。那浓厚的地方色彩风光与原始民族的艺术品，即使对考古学外行的人也颇具吸引力。聚精会神地看了半小时的银幕，听约翰先生详尽的说明，有如实地观赏了一次土耳其的博物馆。

在讲演会之后，大家一度退出会议室，以便接待人员准备午餐。会议室旁有一间宽敞的会客室，铺着地毯，摆着茶几和沙发椅，墙上并列挂着现代日本画家的西洋水彩画，大家就在那儿休息闲谈。这是一段各国学者互相认识的时间。在场的日本学者颇多知名之士：吉川幸次郎先生是当今日本汉学研究泰斗，他学问渊博，著作丰多，早已闻名海内外，虽然目前已自京大退休，然而身体健硕，精神焕发，私人讲授中国文学，领导杜诗研究小组等，诲人不倦，是一位可敬佩的学者。小川环树先生与贝冢茂树、汤川秀树是姓氏不同的三兄弟，他们三位学问研究的分野各异，却都有卓越的成就。小川先生现任京大文学部中文系主任。他身体清癯，沉默寡言，略带神经质的神情，予人一种典型文人的印象。梅原末治先生是东方学会关西支部的三大创办功臣之一。如今年逾七十，早已退休。他幽默地自哂"老朽"，然而精神弥佳，从不停辍考古学的研究，尤其热衷于拓印碑帖。与会者当中，年纪最大的，恐怕是八十高龄的杉木直次郎先生了。我来日本后读的第一本书《阿倍仲麻吕传研究》便是他的著作。当时心中颇多疑问，没想到竟会在这次聚会里认识。他身体微偻，步伐蹒跚，耳朵也不太灵，却殷殷关怀我的研究，并留下地址和电话号码，欢迎我日后去看他。日本的佛学研究颇盛，东方学会会员中，有许多位这方面的权威，如已自京大退休的长尾雅人。他头发花白，谈吐相当风趣，知悉我从中国台湾来，曾问及几位和尚的名字，可惜我都不认识。

奇怪的是，参加这次聚会的日本学者中，绝大多数是六十岁以上的老先生，这现象难免使人发问：他们的年轻人在哪儿？沟通老一辈学者与这一代学者的桥梁何在？三年前，《东方学》杂志为庆祝创会二十周年，曾经举行过一次该会元老的座谈会，会中亦曾谈及会员中缺少新鲜血液的问题。老学者们忧虑年轻人对传统学术研究风气的冷漠态度；不过，去年学潮以来，大学里的助手们发表的论调，则又显示出年轻人争取学术地位的迫切意愿。这种两代之间的矛盾，正是当今日本学术界亟待解决的一大课题。

另一个引人注意的现象是：这次聚会中，日本学者方面全部是男性，而没有一位女学者参加。本来，在整个东方学会的会员名单中，女性会员就已寥寥无几，而日本全国各大学中，女教授席次更是少之又少，就以京都大学为例吧，今年有一位女教员获得通过升等，成为第一位女性理科教授。这件事在京都大学成了一条大新闻，被人们谈论甚久。第二次世界大战后，日本的女权已较往昔提高不少，去年甚至有"女性上位年"之称，但是一般说来，日本女性要在社会上得到与男性同等的地位，恐怕还需要她们自己的一番努力自勉，另一方面，也有待于整个社会人士观念的转变。

与会的外国女性倒有不少。有一位来自丹麦的考古人类学女教授，她已是三度东来，这次是来研究奈良东大寺佛教仪式中"取水"风俗的。另有一位年轻的英国女性，则因向往东洋艺术，专程来研习江户时代的版画。对于她们研究的热诚与专精，日本学者们颇表惊佩。

午餐仍在会议室。日本学者与外国学人杂坐，围着"U"字形的桌子聚餐。大家一面谈笑，一面享受纯京都风味的生鱼冷饭便当。尽管肌肤、头发的颜色不同，拿筷子的姿势有生巧之别，沟通在座数十人的心的是，共同的学术研究方向。席间所流露出的和谐气氛，正是不分东西，超越了人种、国境，人类追求知识真理的表现。利用饭后饮茶的时间，有人提议自我介绍，以便彼此有较多的认识。介绍词或用日语，或用英语，各人把握简短的时间，发挥了说话的技巧与幽默感。例如吉川先生称退休的自己为"无业浪人"，年老的梅原先生自称"老不死"，另有一位在大阪大学执教的先生则自谓"混饭吃"等，皆不失诙谐，摆脱了平日的庄重严肃，使本易流于呆滞的这一段时间，意外地体现出轻松活泼。

午餐后，承"滴翠美术馆"副馆长山口先生盛意，将他先人搜集的日本早期扑克牌十余种展列在一张长形会议桌上，供大家参观。据山口先生说，早在天文十二年（公元一五四三年），葡萄牙人东来开创南蛮贸易公司以来，西方文化即陆续流入日本，当时在海员和商人间盛行的Carta亦于同时传入日本，而渐受一般庶民欢迎。如今日本有一种书写和歌的改良扑克牌，仍沿用葡萄牙读音Carta呢。扑克牌初时系吉卜赛人用以占卜用者，后来逐渐转变为游戏之用，甚至兼带赌博性质。其张数亦有自四十八张到七十八张等，因时代和地域而不同。元禄时代（公元一六八八至一七〇三年）由于扑克牌的赌博大大流行，政府一度下令禁止。其后在上流社会间出现了以和歌入牌、寓风雅于游戏的一种纸牌，遂使这种Carta在日本民间社会的地位大幅提高。至今每逢新年，男女老幼仍有玩和歌纸牌的习俗。山口先生家传的扑克牌，不仅网罗了日本各代产品，且兼及部分早期欧洲货色。只见形形色色摊满整桌的Carta，有纸制的，有革制的，也有锡片制的。而且从牌上所绘图像，亦可窥见当时的时代风尚，例如：崇武的德川幕府时代产品，以武士图像代替国王与皇后；游女昌炽的江户时代产品，则上画艳丽的浮世绘。看似平凡无奇的扑克牌，竟也能反映历史的兴衰变迁，而聆听山口先生细数家珍，更不能不使人感慨知识的无垠。

看完扑克牌的特别展览后，大家自由登上二楼，参观滴翠美术馆的部分陈列——"江户时代元京都"。顾名思义，这是以京都为主题，而将焦点置于江户时代的一个精致的地域性展览。所展示物件中，以陶瓷器为最多。京都以其为日本之古都，艺术气息特别浓厚，仅就其陶瓷器而言，即有御室、粟田口、御菩萨、清闲寺、音羽、清水诸名窑，古来其产品享盛名于日本全国。至今，清水烧仍然是京都人引以为荣的艺术品。此次展出品件中，以茶碗占大多数，盖因京都为日本茶道发祥地及中心之故。从其所摆列的时间先后次序，可以窥见陶瓷器艺术风格的演变。大体言之，明历期（公元一六五五至一六五七年）作品较为华丽洒脱；元禄期（见前）作品渐形收敛；至文化、文政年间（公元一八〇四至一八二九年），由于文人之间流行煎茶，而陶瓷器的风格亦大受我国影响，带有相当浓厚的中国趣味。有几个杯碗，甚至与台北故宫博物院里所展列者无异，由此也可以想见日人仰慕我国文化之深了。

展览室四周的玻璃橱中挂着一些小品书画，作为此次展览的陪衬。其中最引人注意者为近卫信尹、本阿弥光悦、松花堂昭乘等三人的字迹，合称为"宽永三笔"（或称"平安三笔"），另有相传为和歌大家小野道风的笔迹一幅。

据说"滴翠美术馆"将于今年年底之内，分三回举行类似的展览，把日本的古文物，从时间的纵断面，及从地域的横剖面公开展现于一般爱好者之前。这也正是该馆故主山口滴翠氏的遗志。资本家能以其个人毕生积蓄与精力投资于历史文物之搜研，身后并以之贡献于其国家同胞，这实在是极有意义的。

看完全部展览，已是下午三点半了。初夏的阳光正照耀着馆前洁净的碎石子路。走到门口时，看见梅原先生正在那儿高卷袖子，挥着汗，蹲在地上拓印一段石碑。吉川先生对他摇摇头，笑着说："你的老毛病又发作了！"是的，学术文化的工作者总是有这一股狂热的。梅原先生如此热衷于工作，吉川先生自己又何尝不然呢？八十高龄的杉木先生从我身边走过，他将搭乘一个多小时的电车赶回京都去。二十余年来，东方学会之所以不曾间断，其组织且日益壮大，正有赖于大家这种对学术工作共同的狂热精神啊！

与中国大陆学者合影

鉴真与唐招提寺

山川异域，风月同天，寄诸佛子，共结来缘。

这是古代日本佛教徒绣在一千领袈裟上的诗句，用以供养中国的高僧大德。日本自飞鸟朝（公元五九二至七一〇年）的圣德太子大化革新，提倡佛教以来，隋唐之际，前来我国留学的"学问僧"❶和"请益僧"❷，为数不下百人。而唐僧东渡弘法者，以鉴真大师功绩为之最。他对日本佛教的发展，影响至巨，而他那为宣扬佛法，不畏艰难、屡挫屡进的伟大精神，更是至今垂芳异域，感动了每一个瞻仰奈良唐招提寺者之心。

鉴真大师俗姓淳于，扬州江都区人，生于武则天时代的垂拱四

---

❶ 日本一般僧人入唐留学，其留学期间较长者，称"学问僧"。

❷ 僧人当中已有学问及地位，而入唐留学，求更深入之研修者，其留学时间较短，称"请益僧"。

年（公元六八八年）[1]。年十四，随其父亲到大云寺，看见佛像，深受感动，遂发心依该寺智满禅师出家。中宗神龙元年（公元七〇五年），年十八，从道岸律师受菩萨戒。又三年，至长安实际寺，从恒景律师受具足戒。恒景与道岸都是当时有名的大德，鉴真的天性本来非常笃实，又亲从二师受业，遂养成一种坚毅恳至的作风，为日后弘法事业奠定了良好的基础。

《宋高僧传·鉴真本传》云："观光两京，名师陶诱。三藏教法，数稔该通。动必研几，曾无矜伐。"可见他到长安以后，除了学习戒律和天台止观以外，又从其他名德参学几年。在长安参学时，正值律宗方面新论纷争、莫衷一是之际。他是一个注重实践的人，大概不以为然，所以不久便回到扬州，专门弘传南山的戒法。日本淡海真人元开所著《唐大和上东征传》云：

昔光州道岸律师命世挺生，天下四百余州以为受戒之主。岸律师迁化之后，其弟子杭州义威律师响振四远，德流八纮，诸州亦以为受戒师。义威律师无常之后，开元二十一年，时大和上（按即鉴真）年满四十六，淮南江左净持戒者，唯大和上独秀无伦，道俗归心，仰为受戒之大师。凡前后讲大律并疏四十遍，讲律抄七十遍，讲轻重仪十遍，讲羯磨疏十遍。具修三学，博达五乘，外秉威

---

[1] 见《宋高僧传（卷十四）·唐大和上东征传》。

仪，内求奥理。讲授之间，造立寺舍，供养十方众僧，造佛菩萨像其数无量。缝纳袈裟千领，布袈裟二千余领，送五台山僧，设无遮大会、开悲田而救济贫病，启敬田而供养三宝，写一切经三部，各一万一千卷。前后度人受戒，略计过四万有余。其弟子中，超群拔萃为世师范者，即有扬州崇福寺僧祥彦……三十五人，并为翘楚，各在一方，弘法于世，导化群生。

这是鉴真东渡之前，在国内弘法利生的情况，而《宋高僧传》上竟一无记载。

礼请鉴真东渡弘法的是奈良兴福寺的二僧荣叡与普照（一说普照为大安寺僧）。当时日本佛教戒律未具，二人乃同时于开元二十一年（公元七三三年），随遣唐使舶，以学问僧之身份入唐留学。日本派遣遣唐使与留学生，以玄宗开元、天宝之间为一高潮，那时在唐的日本留学生有阿倍仲麻吕、吉备真备及学问僧玄昉等。他们在唐驻留时间都已十六年，学有所成，尤其是阿倍仲麻吕，因慕我国文化，改称唐姓名为"朝衡"[1]，并仕唐朝为左补阙。荣叡与普照在洛阳、长安等地从名僧大师学习。天宝元年（公元七四二年），二人学成返国，途经扬州，适值鉴真在大明寺讲律，参听之后，十分心折，遂顶礼恳求道："佛法东流至日本国，虽有其法而

---

[1] 见《旧唐书·卷一九九·日本传》《新唐书·卷二二〇·日本传》。

无传法人。日本国昔有圣德太子曰，二百年后，圣教兴于日本。今钟此运，愿大和上东游兴化[1]。"那时鉴真已经五十五岁，而扬州近海，海上风波之险恶，他和徒弟们是深深知晓的，所以当鉴真接受了荣叡、普照二人的恳求，要动员徒弟们随他东渡的时候，他的大弟子祥彦就说："彼国太远，性命难存，沧海淼漫，百无一至；人身难得，中国难生，进修未备，道果未到。"这些话语并无夸张虚假，当时航海尚未发达，而船舶简陋，只看在十七次遣唐使中，海上遭难而船舶沉没，或漂流异方者达八次之多的事实，便可以相信了。但是鉴真毅然决然地说："是为法事也，何惜身命！诸人不去，我即去耳。"宗教家弘扬法事的热诚与大无畏的精神，终于感动了徒弟们。祥彦首先表示愿意同去，道兴、道航、如海、思托等二十一人也决心相随，于是便组成了第一次东渡弘法团。

可是这一次并没有去成，因为内部意见不一致，如海并利用当时沿海有海贼蠢动的情况，捏造是非，向政府告密。结果，准备东渡的船只被没收，如海坐诬告罪决杖六十，递送本籍还俗。荣叡、普照与玄朗、玄法四人则被监禁四个月。但是荣叡与普照并不灰心，他们回避官眼，私见鉴真，再度恳求。鉴真安慰他们说："不须愁，宜求方便，必遂本愿。"乃出钱八十贯，买得岭南道采访使

---

[1] 见《唐大和上东征传》。

刘巨麟的军用船一只，又雇舟人十八人。于是，积极地准备东渡计划。这次决心相从的有祥彦、道兴、德清、思托、荣叡、普照等十七人，连同画师、玉作、刻碑等手工艺工人，共八十五人，组成第二次弘法团。

天宝二年（公元七四三年）冬十二月，鉴真率领一行人扬帆出江，但是船到了狼沟浦就遭大风浪而破损。乃上岸修理，然后再驶。可是到了乘名山，又遇风浪而触礁，船身破坏，幸而人员没有损失。忍饥挨饿三数日，才得到救济，被收容在鄮县[1]的阿育王寺。浙东许多大寺院的僧众获悉鉴真大师到来，纷纷请他去讲律传戒。有些人舍不得鉴真出国，竟向衙门诬告荣叡引诱鉴真。荣叡因此被捕下狱，枷递至杭州。时荣叡卧病，请求出狱治病，不久，诡称病死，潜离杭州，又与普照同去恳求鉴真。鉴真见其坚贞不移，十分感动，遂派法进等三人去福州买船，并置办粮食用品。他自己则率领徒弟三十多人巡礼天台山后，到达温州，想从那里去福州和法进等会合，一同出国。但是各地衙门奉上命不许鉴真出国，追踪所经诸寺，最后在禅林寺把鉴真捉到，差使押送，防护十重。鉴真只得再回扬州。这是第四度挫折。

天宝七年（公元七四八年）之春，荣叡与普照又访鉴真于扬州

---

[1] 鄮县即会稽县。

崇福寺，五度恳求。于是又开始备航。同年六月，鉴真率领一行三十五人乘船自扬州新河出江。但是东下至常州的狼山附近，风势转急，船周旋于三山之间。及至进入东海，则又"风急波峻，水黑如墨，沸浪一透，如上高山，怒涛再至，似入深谷"。众人皆慌怖，口中但念观音。船在茫茫大海中漂流，有时受海鸟侵袭："鸟大如人，飞集舟上，舟重欲没，人以手推，鸟即衔手。"有时受饥渴煎熬："普照师每日食时行生米少许，与众僧以充中食。舟上无水，嚼米喉干，咽不入，吐不出。饮咸水，腹即胀。"支持了十四昼夜，终于漂流到了海南岛。海南岛的人也敬重鉴真，为他在振州建造一寺，又请他讲律度人。后来经过广东雷州，广西梧州，广东端州、韶州，江西吉州，江苏润州等地，辗转过江，重回到扬州。此次挫折，水陆往返一两万里，从行的日本学问僧荣叡病逝端州，鉴真的大弟子祥彦圆寂吉州，而鉴真自己则因在南方受暑热，"眼光暗昧"，又为庸医所误，遂致双目失明，可谓备尝艰苦了。

五度失败的鉴真于返归扬州后，仍住持龙兴寺，而继续在龙兴、崇福、大明、延光等寺讲律受戒，献身宗教活动。

天宝十二年（公元七五三年）十月，鉴真已经六十六岁，又因日本遣唐大使藤原清河及副使吉备真备的恳请，慨允东渡。此次渡海，总算顺利，相随弟子有法进、思托、义进、普照等二十五人。所带物件，除如来舍利、佛像、金字《华严经》、金字《般若经》《四分戒》，以及诸家疏释、《天台止观》等内典以外，尚有王羲之及王献之的真迹行书四帖，大概也是鉴真所收藏和心爱的文物。同年十二月二十日，载着鉴真和徒弟的遣唐使舶安抵日本萨摩国阿多郡秋妻屋浦。自立志东渡传戒以来，已历十二载，曾经五度挫折、无数艰难，鉴真大师终获如愿，应日本僧人之邀请，来到了异邦。当年恳求鉴真东渡的虔诚僧人之一的荣叡，却不及亲睹成功而客逝我国。

日本孝谦天皇天平胜宝六年（公元七五四年）二月，鉴真及其弘法团到达日本当时的京城奈良，曾受到极隆重的迎慰礼节。天皇特赐以传灯大法师位，并命吉备真备传古诏道："大德和尚，远涉沧波，来投此国，诚副朕意，喜慰无喻。朕造此东大寺，经十余年，欲立戒坛，传授戒律，自有此心，日夜不忘。今诸大德远来传戒，实契朕心，自今以后，受戒传律，一任大和尚。"可见当时鉴真所受日本朝野的信任与崇敬之一斑。鉴真在中国时，曾从恒景学天台宗，他带去日本的经典中，也有天台宗的章疏。他在日本，除讲戒律外，也讲天台三大部。他传天台宗义于法进，法进传最澄，最澄入唐请益之后，归国成立日本的天台宗，史称传教大师。此外，鉴真与其弟子和密宗的关系也很深。如他们带去日本的佛像中，雕白檀千手像一尊以及绣千手像一幅，即为密宗佛像。对空海（弘法大师）之入唐求受密法不无影响。空海与最澄是发展日本平安朝佛教的中心人物，而二者皆与鉴真有颇深的关系，故称鉴真为日本佛教发展之功臣，实不为过。

据日本僧慧安所作《戒律传来记》上卷所说：鉴真在东渡之前，曾修造过古寺八十余处，对造寺造像颇有经验，所以按照道宣律师的《戒坛图经》在东大寺建立戒坛，还是他亲自指挥的。戒坛建成，天皇及太子都登坛受菩萨戒，已受过戒的大僧灵佑等八十余人也舍旧戒，重依鉴真受戒。日本的三宝至此具足，为其日后佛教发展打下坚实的基础。表面看来，日本招请鉴真之目的乃在普及佛教之外更求戒律之完整，事实上，除佛教本身之意义而外，鉴真的东渡更含有其他功用。原来，当时日本的僧尼有接受免课役的优待，遂有许多不识经典礼法的农民相继加入佛门行伍，以其无知，传布妖说，颇惑民听。长此以往，纳税人将形锐减，而律令体制将倾危不安。为防止这种邪僧邪尼之增加，戒律与自肃遂成首要课题。在此情况之下，招请权威的戒律之师，实际上，也变成维护当时日本国家体制所刻不容缓的需要了。

天平胜宝八年（公元七五六年），鉴真出任为僧纲（即僧侣之国家统制机关）最高地位的大僧都。他的弟子法进则被任命为律师。鉴真任大僧都仅二年，即辞职离开东大寺[❶]。与他同时东渡的中国徒弟，除法进之外，亦皆同时离开了东大寺。关于鉴真辞大僧都之职的原因，历史上没有记载。不过，近世史家有一种假设，认为

---

❶ 当时东大寺为僧纲之衙门，故鉴真辞去大僧都职必须离开东大寺。

鉴真辞职可能与同时出任为另一大僧都的日本僧良弁有关。佛门亦不免有意见相左之事，这个例子可见于前文空海与最澄之由交恶而绝交的事实[1]。何况以一个外国人而身居最高权威的大僧都职，其处境之难，可以想见。而鉴真不发一言，默默离开东大寺，正足以表现其人胸襟之广、气量之大了。

辞去大僧都职后，鉴真接受了新田部亲王旧宅，与追随他的弟子们着手兴建一座新的律宗精舍——"唐律招提"。这座私人寺院，其规模自然不能与官方的东大寺或西大寺相比，其资金也并不宽裕。在这样薄弱的客观条件下，他们仍毅然决然地开始了凿土奠基的辛劳工作。支持他们的力量，毋宁说是一种超越国界的崇高的宗教理想！工程一度因天皇驾崩而辍止，所幸，不久又蒙新天皇敕准而得以继续营造。

天平宝字三年（公元七五九年）八月，寺院主要部分已逐渐落成，孝谦天皇并赐"唐招提寺"之匾额，以悬于山门，又下诏：今后凡出家者，必先入唐招提寺学律学，而后可以自选宗派。于是四方学徒麇集习律，颇极一时之盛。

卸去大僧都之职的鉴真便在这座唐招提寺内讲律受戒，度其余生。天平宝字七年（公元七六三年）五月六日，一代巨师结跏趺

---

[1] 详见《空海·东寺·市集》。

坐，面西圆寂于该寺讲堂内。死后三日，头部犹有余温，故而久久不能葬。翌年，日本派使者到扬州报丧。扬州诸寺僧侣皆着丧服三日，向东哀悼，以纪念这位不畏艰难东渡弘法的伟人。

今天，在距离奈良平城宫故址西南不远处的丛林之间，庄严肃穆的唐招提寺依然屹立着。在悠久的岁月里，随着世态的变迁，它曾有过香火衰微的时期，然而与许多同样的木造寺院相比，唐招提寺算是很幸运的，因为一千二百余年来，它未曾遭遇过什么兵火水灾，而全部伽蓝都能保存原来的面貌。据唐招提寺史料记载，今日所见的该寺伽蓝不一定皆修成于鉴真在世之时。以鉴真及其徒弟当初贫乏的资金，这座寺院的建造恐怕是相当困难的。他们在有限的经济与精力的许可范围内，只能依实际的需要，逐一修建。先造日常起居的僧坊，而后食堂，而后讲室。至于该寺建筑物精华之一的金堂，其修成时间恐怕更在晚后，或谓落成于宝龟七年（公元七七六年），则这座壮丽雄伟的伽蓝，竟是在鉴真之后才修造的，那么双目失明的高僧也就不曾有过触摸其八大环柱的可能了。

唐招提寺的特色之一，是由伽蓝建筑的各堂宇所配置而成的空间调和之美。以金堂为中心，其背后有讲堂，东侧有鼓楼、藏宝库、藏经库及礼堂，西侧有钟楼及开山堂、西室遗址。各建筑物之间，既不过分密集而呈相互干涉，亦不过分疏隔而彼此独立。在整体上，经过精细的布局，故有息息相关的气氛，而青松、黄荻点缀其间，更收幽美的效果。

这一群古穆的伽蓝建筑保留着鉴真时代唐朝寺院的风貌。唐朝与平安时期的宫殿，今日已荡然无存。因为唐招提寺的讲堂原是以平城京的东朝集殿迁建的，而昔日平城京的宫殿则大体模仿长安宫殿建修，所以该讲堂也就变成了当年宫殿建筑的罕贵实例。歇山顶（日人称"入毋屋"）式的殿顶呈缓和的坡度，殿堂高昂而宽广，白色的墙和木质自然的正面十片门扉，予人从容的大陆气象，而当踏入砖地的殿内时，人所感受到的气氛，也与走在木板席地的纯日式寺院时迥然不同。这座讲堂内供奉着不少木雕佛像，由于历时悠久，多数已残缺不完整。有一座称作唐招提寺样式的失去了头和手的如来形立像，雕工细致，无论其站立的姿势还是衣褶的线条，都非常柔和优美。如果说西洋的维纳斯石像因断去了手臂而增加其艺术的神秘感，这座没有头和手的如来木像也因其残缺不全而更令人印象深刻了。讲堂内光线幽暗，十几座佛像静穆地排列直立着，一种融合了宗教与艺术的美，使人感动屏息。

　　金堂正对着山门，堂堂地坐落在宽广的白色碎石路尽头。在整个建筑物的比例上，屋顶占着过半的高度，因此那缓和的坡度、宽大的面积、予人从容的感觉，而顶上两端翘起的鸱尾，则于静美中表现出力感。前檐下有高大的八根环柱，在宽长的廊上造成平衡的空间画面。金堂和讲堂同样都是七间之中，五间设门两端尽间开窗的形式。这座金堂是少数天平时期（公元七二九至七四八年）金堂遗构之一，故而十分贵重。据寺传，为鉴真弟子少僧都如宝所造，属于奈良时代末期的建筑，其建筑式样也是模仿唐朝寺院的。

金堂与讲堂东侧的两座藏经库，与藏宝库同属于正方形的校仓造❶。为避潮湿而高架屋基，规模自然远不及东大寺的藏宝库，但是具体而微，其保全历史遗物的功效是同样的。

金堂之西，走过松针满地的小径，戒坛便在道路的尽头。四面围绕土墙，墙内杂草丛生。经过嘉永四年（公元一八五一年）的火灾，戒坛焚毁以后，迄今只留下花岗岩的巨大底基，一任风吹雨打，未曾再建。遥想鉴真当年应荣叡与普照之邀请渡海东来，最主要的任务乃在为日本佛教界传授戒律，又当其身为大僧都之时，东大寺内主持天皇以下各大僧之菩萨戒的壮举，戒坛应当是最为这位大师所重视的地方，而今唐招提寺的戒坛任其荒废失修，实在遗憾之至！

在讲堂之后稍高处，有一座御影堂，里面安置着鉴真的肖像雕刻。关于这雕像有一传说：天平宝字七年春，鉴真的健康渐衰退，有一夜，其弟子忍基梦见讲堂的栋梁折断，认为系其师死亡的预兆，遂与其他僧徒开始造鉴真像。这座鉴真像为木雕脱干漆像，坐高八十厘米。结跏趺坐，静闭双目，面部表情安详，充分流露出屡挫不败的坚强意志和以戒律净化佛教界的伟大精神。

---

❶ 日本古代木造仓库建筑物，其基甚高，利用木质对燥湿之反应，具有通风防潮效果。

鉴真的墓与御影堂比邻，步入土墙与木扉的墓园内，有一条泥径夹在青苔松林之间。顺着泥径走，步过荷叶处处的池塘小桥，前面有一座宝箧印塔式的石冢，便是鉴真之墓。石冢并不高大，也没有雕琢，它只是简朴的一堆积石，静静地矗立在幽暗的林木之下，但是那苔痕斑斓的墓前，鲜花未曾断绝过。"桃李不言，下自成蹊。"一千二百余年来，日本男女，无论佛徒与否，对于我国这位不畏艰难东渡弘法的大德，由衷感佩，故不分晴雨，墓前永远有凭吊者流连徘徊。

盛唐开元、天宝之际，正值我国文化高涨，当时日本政府为迎头赶上，曾大量派遣各方人才入唐留学；而鉴真以一介高龄盲僧，凭其个人无比坚毅的精神，透过宗教的戒律，将我国的文化带来了日本。时间与事实证明，他辛勤的播种，终于开花结果在每一个日本人的心上。今日，到唐招提寺来参观的人，将不只看到眼前的座座伽蓝，所感受到的是一种高度文化的伟大影响力；而对于鉴真其人的崇敬，也实在是超越了狭隘民族观念的衷诚感情。

图一
晚年失明的鉴真和尚像

图二
作者于唐招提寺

祇园祭

梅雨的季节一过，盆地中心区的京都便要进入近似大陆性气候的炎暑了，而将这盛夏的信息具体地带给京都人的便是一年一度的盛大祭事——"祇园祭"。在这个古都，人们的思想有时是刻意保留古典的，譬如对四季，他们就宁愿信从古老的习俗，也不大愿意倾听气象台的预测。去年我刚来的时候，正好赶上了秋季的"时代祭"，红叶就缀遍了全城，接着，看过南座的"颜见世"，我经历了一次没有暖气的隆冬；而代表春天的樱花"都舞"似乎不多久前才看的，怎么"祇园祭"的嘁子声这样快就把夏天带来京都了呢？

京都的"祇园祭"与东京的"神田祭"、大阪的"天神祭"，合称为日本三大祭事，而在京都本地，"祇园祭"又与"时代祭""葵祭"称鼎足。日本是一个喜爱祭祀热闹的民族，京都人尤多行事，翻开京都的日历，你可以发现一年三百六十五天之中，他们倒有一大半的日子在过节。而这七月的"祇园祭"算是最热闹隆重，也是费时最久的。从七月十日开始，京都商业闹区的四条附近各处就要忙着准备祭典用的舆车了（舆车分两类：车厢上有长矛的叫作"鉾"，没有长矛的叫作"山"。由于每年准备"鉾"与"山"的区域都是一定的，所以这些地方在七月份里就统称为"山鉾町"）。七月十六日为"祇园祭"前夕，有点燃了灯笼的舆车预展，这个晚上的节目叫"宵山"（"宵山祭"之简称）。十七日为"祇园祭"最高潮，有舆车游行。二十八日，一切祭典完毕，舆车复纳入神社，叫"神舆洗"，所以一个"祇园祭"，前前后后占满了整个七月。

"祇园祭"之由来甚久。事起于清和天皇贞观十一年（公元八六九年），当时日本全国瘟疫蔓延，治愈无方，死亡者日增，民情悲沉。卜官日良认为干犯午头天王，乃于六月六日立二丈长之矛六十六支（当时日本有六十六国，每一支矛代表一国）于京都各街角，又送神舆于神泉苑（皇室苑囿）以祭神、除疫。其后历代沿传，是为"祇园灵会"。圆融天皇天禄元年（公元九七〇年）起，改在每年六月十四日行"祇园会"。藤原时代壮大祭礼；南北朝时代更作"山"与"鉾"；其后，历足利义政时代、室町时代而祭物益增，仪式愈备，终于风流尽美，引起民众关心。一度曾因应仁之乱而中断，后又得市民支持而复兴。第二次世界大战后，则在官方有意维护下，正式成为日本文化遗产之一种，每年扩大举行，以引起国内外人士之注意。

从七月十日到十七日，这长达一星期的节目，若想要每个细节都看，是足够累倒人的。通常，大家只拣最热闹的"宵山"和游行看。对我个人而言，归期在望，而看完祇园祭，京都四季的重要祭事也几乎都经验到了，所以当秋道太太和平冈教授夫妇邀我共赏"宵山"夜景时，自然毫不考虑就答应了。秋道太太还热心地依着日本习俗，老早替我缝制了一袭"浴衣"。"浴衣"是夏季棉布简便和服，夏天傍晚时分日本男女老少，多喜穿上这种质地花纹凉爽的和服，赤足着木屐纳凉。我不会自己穿这种和服，所以只好劳驾秋道太太帮我穿。只觉得她蹲在榻榻米上，在我身前身后绕来绕去了好一会儿工夫，才将一袭"浴衣"给我穿好；而她自己已是满身大汗。她问我："浴衣挺凉快的吧？"为了不使她失望，我只有点头。其实，和服长及足踝，腰间有七八寸宽而僵硬的带子，由于整件衣服没有缝缀一粒纽扣，所以要穿牢一袭这样的"浴衣"，腰际里里外外总共扎上了五六条宽细软硬不等的带子，对于平日穿惯洋装和旗袍的我，实在一时不容易感觉到凉快呢。而当弯腰穿木屐时，紧裹着腰的宽带又阻碍了行动，我只有扶着纸门，用脚趾摸索着套上了木屐。木屐有前后两排一寸高的齿，穿在脚上走路时，又与高跟鞋大异其趣，不小心是很可能摔跤的。后来，我发现碎步子拖着走，最易于行动，又由于衫裙长而窄紧，迈步子不可能大方。这才恍然大悟，原来日本妇女走内八字碎步是有道理的！

我们一行四人，雇了出租车直赴闹区四条的法式餐馆"万养轩"。这儿是京都历史最悠久的西餐馆，主人早年曾留学法国，从名师学习烹饪，故素以美味著称；对于服务生的礼节训练尤其注意，每当客人步入自动门内，便有戴白手套的一男一女服务生笑容可掬地迎接。对于这样正式的气氛而言，我和秋道太太的简便"浴衣"似乎有些不协调，我尤其不安于自己那一双着木屐的赤足。平冈教授说，在"祇园祭"时节，"浴衣"是最时髦的大礼服，听了这番话，我才稍觉安慰。毕竟是怕屐齿损伤红地毯吧，服务生客气地拿了两双拖鞋给我们换穿。当我赤足穿着拖鞋，步经衣香鬓影的仕女前时，仍然是红着脸，很不自在的。

我们从容用餐，慢慢饮酒。走出"万养轩"时已是晚上八时半。为着配合"宵山"与游行，京都市的交通管理当局已下令十六日夜六时半至十一时、十七日上午八时至正午，严禁一切车辆通过四条，因此平常车水马龙的四条通闹街，此时不见一辆车，人们可以不顾红绿灯的指示，横行无忌。但是，由于人潮汹涌，仍然出动了警察，拿着扩音机指挥行人。我们随即加入了人潮，四人横一排，手牵着手，以免被冲散。多数人穿着浴衣和木屐，手中拿着团扇，悠闲地漫步着。这情景是和平的、古典的，也是十足东洋情调的。

四条通两边的商店多数已打烊，骑楼檐下挂着蓝底有白色"祇园祭"徽章的布幔，每隔一段距离，并整齐地吊着四个白色的灯笼。日本人平日拘谨严肃，节日里却十分轻松开怀。在新年和赏樱季节时，男人们难免醉醺醺，而在"祇园祭"时，他们意外地保持了清醒。大概是天气太热，不作兴饮酒的吧。骑楼下只见贩卖一瓶瓶浸在冰块里的汽水和可口可乐。

人越来越多。据说"祇园祭"不仅振奋全京都的人，同时也吸引来自日本全国其他各地的人，有人专为此从大阪、东京等地赶来。事后得知，这一晚拥入"山鉾町"的人竟达三十五万，真正是来"凑热闹"了！夜晚应有的凉意已被众人身上发散的热气冲走，我们感到郁闷而举步维艰，于是避开最喧嚣的四条通，溜进侧巷里。京都在平安朝建都之初即仿唐代长安城营建，街道分布纵横整齐，一若棋盘，"宵山"的精粹——"山"与"鉾"，如棋子般散置在那纵横似棋盘的小街上。"山"与"鉾"共有二十九部，如果要全部仔细观看，是既费时间又费精力的。我们乃决定随兴之所至，与精力许可范围内，从容地观赏。

京都是一个新旧互容的奇妙都市，从高楼矗立、街道宽敞的四条通一折进侧巷里，低矮的木屋与不平的石板路，马上给人纯东洋风格的古典趣味。街巷狭窄，两边住家的人搬出竹椅纳凉，隔着巷子话家常。浴后的孩童们在门口点烟火玩，他们的耳后颈间都扑着白白的痱子粉。我忽然对这些有了一种熟悉的感觉。这不是常可以在台北延平北路一带弄堂里看到的夏夜景象吗？

我跟在平冈教授夫妇与秋道太太身后，迷迷糊糊地左转右拐，来到了"山鉾町"的中心区室町通。这一条街除少数住家外，绝大多数是做布类批发买卖的。保守的京都人往往世代守着一个职业，尽管其间多的是殷商富翁，店铺却都是古老陈旧的。那气氛也像极了我以前走过的台北迪化街。在"衹园祭"期间，家家户户门前都悬挂着大型纸灯笼。有些人家敞开大门，在客室里铺着地毯，展列屏风，供游人自由参观。据平冈教授讲，从前这条批发街上几乎家家户户都有屏风展览，所以"宵山"一名"屏风祭"，夜游的人不仅看"山"与"鉾"，同时兼赏屏风，可以大饱眼福；近来因为生活繁忙，许多人家怕麻烦，所以简略省事了。仍有一户商家，敞通了四间屋子，地上铺着绿一色的大地毯，由里至外展览着二十余面大屏风，有金底绘绿竹者，有素面绘江户时代庶民风俗者，也有上书唐诗和歌者，不一而足，蔚为壮观。又有一些人家，除展列屏风外，更搬出字画古董等家宝，供人欣赏，借此，主人得到炫耀的机会，而游人则可以麇集门口，品评议论一番。日本人每好"众乐"，故有许多私人庭园开放收门票，而京都"衹园祭"的"屏风祭"，供人观赏却不收门票，更表现了"不独乐"的精神。

所谓"山"与"鉾"，除舆车与长矛而外，每一部有一专有名称，代表着一个主题。这些主题多取材于古代宗教逸话，在二十九部的"山鉾"中，且有八部取材于我国的历史典故，计有"伯牙山"（取材于伯牙痛失知音，为钟子期绝弦之故事）、"孟宗山"（取材于二十四孝之一的孟宗为病母求笋，孝感动天，雪地出笋的故事）、"白乐天山"（取材于乐天问道于道林禅师的故事）、"函谷鉾"（取材于孟尝君夜半令家臣仿鸡鸣以过函谷关的故事）、"菊水鉾"

（取材于传说中河南南阳上流开大菊，露汁滴于河，饮者可长寿）、"郭巨山"（取材于二十四孝另一人物郭巨，欲埋子事母而得金釜的故事）、"鸡鉾"（取材于尧之时，天下太平，民无争讼，报事之鼓生苔且栖鸡的故事）、"鲤山"（取材于鲤鱼登龙门之传说）。

在室町通一条街上展出的"山"与"鉾"最多，而七部之中，"白乐天山""菊水鉾""鸡鉾"与"鲤山"便是上述取材于我国历史典故的。我对这条街的展览自然特别有兴趣，事实上，这条街也是当晚人口最稠密的地方。"白乐天山"安置在七部山鉾中的最南端，附近围着许多人，我们挤了一身汗才走到前面。舆车与车上的摆饰分开放着；舆车停靠街边，人像（即车上供奉之假人）与围幔等则借一民屋供置。车身由四方木材横竖搭架而成，下有约一人高的双木轮。这种舆车平日拆散安置，每年七月十日，开始由"山鉾町"各区发动有经验的壮男，搭构组织。整个车身依照千余年前的传统，不许用一根铁钉，只在木材与木材交接之处，用粗绳捆绑。我特别注意看了一下绑绳子的部分，那真是不可思议的力与美的组合！一部高达十米（若加上鉾高则有二十余米）的舆车，竟能单靠绳索之力支持重量，保持平衡，而每一根绳索的排列又是那么井然有序，那纵横的图案组合，简直可以称作艺术品了。

在离舆车不远处，暂借一民家，敞开一房，供车上种种饰物展览。这辆"山"是"白乐天山"，所以主题为白居易。那与人大小相若的白居易人像穿戴着全副唐代衣冠，手持白笏，表情从容肃穆。在二十九部山与鉾之中，他能与其他两位日本古代文人菅原道真❶、大伴黑主❷鼎足代表文学部门，足见日本人崇敬白居易的一斑了。在白居易人像之旁，站立着袈裟装的道林禅师人像。白居易受古今日人爱戴之原因，除了他的诗浅白易读之外，其人一生中事佛精恳，也是不可忽略的一个因素。四周墙上悬着红底五彩织锦的围帐，其中一张巨大的手织北平万寿山图锦帐十分耀目引人。这些灿烂的帐饰都是在游行时遮饰木造舆车用的。铺着红毯的地上摆满酒和干粮，则是附近居民和游客所捐献。"赛钱箱"中不时有人丢进百日元、十日元不等的硬角子。烛光、香火和膜拜的男女，又使"宵山祭"增添了几许宗教的气氛。

关于"菊水鉾"的主题有两种说法：一说如前述，南阳附近河水，得菊露之灵，饮者可长寿；一说为菊兹童饮菊露，七百岁犹保童颜。这个舆车上除供奉菊兹童人像外，四周并满缀菊花，以象征菊露助长寿的传说。"鉾"与"山"之不同处，除了"鉾"在舆车顶上有十余米的长矛外，其车厢本身也较"山"为高，"山"是人抬的，"鉾"则于车前有二粗绳，而由壮男拖拉。由于"鉾"的车身很高，在"宵山祭"这个预展夜，车厢都停靠在街边，从民家

---

❶ 菅原道真（公元八四五至九〇三年），平安时代文学家。撰有《菅家文章》《日本三代实录》《类聚国史》等。后世称天满天神。

❷ 大伴黑主，平安时代和歌作家。《后撰集》及《拾遗集》多收其作品。后世称黑主明神。

119

二楼架梯，供部分游客参观。据说，从前视妇女为污秽，这个祭神的神圣地方是不准女子登入的。直到最近，禁令才解除。然而我所看见的，出入"鉾"者仍以男人居绝大多数。平冈教授说，那是因为舆车全以绳索捆绑而成，妇女们畏惧危险，不敢轻易高登之故。我想，也许是日本妇女本身受传统的自卑感束缚，一时尚无法与男子分庭抗礼的缘故吧。这种现象于其日常生活的细节中隐约可以感到，而于这种迷信的地方竟放大显现出来了。

"鉾"的车厢中除供奉代表主题之人像与其他饰物外，两侧并有由笛子、大鼓与铜铃组成的一种特殊乐队，称为"祇园囃子"。在十六日夜的"宵山祭"里，这些穿着一式"浴衣"的乐队，即开始吹笛子、敲鼓、打铃演奏。当那单调而重复的乐声流入京都的夜空时，孩童们会欢天喜地地跟着哼同样的调子，年老的人则会仰着星月感慨："又是一个夏天了！"对于京都人来说，"祇园囃子"是亲切而罗曼蒂克的，多少岁月在那笛鼓铃声中溜走，几许往事的记忆正夹杂在那熟悉的调子里！这一切，外地的游客或者不容易了解，但是，从浮现于烛光灯影中的一张张脸孔里，你可以看到、可以体会到他们的心情。

"山"与"鉾"以一个个不同的主题、不同的摆饰吸引着夜游的人们。就这样，我们追寻着一座又一座，在熙来攘往的大街小巷里转着。"宵山祭"不仅是舆车的展览，同时也是一次大规模的夜市。街上大的百货商店都闭门休业，骑楼下、小巷里却处处有摊贩——卖冰水的，卖玉米的，卖玩具糖果的，五花八门，完全是平常百姓风光，而最应时的，该算是叫卖粽子的了。日本人在阳历的五月五日，也仿我国端午习俗，家家户户吃甜糯米粽子；"祇园祭"的粽子却只是象征性而不可吃食。这晚卖的粽子尖而长，每十个扎成一把，分两种：一种叫"结缘粽子"，据说青年男女相思，买一把回去祭供，可以如愿，多数由中年妇女叫卖，她们流利地说着许多吉祥的话；另一种叫作"除疫粽子"，可以保佑一年安康，这种粽子常由三数男女幼童叫卖，他们都穿着浆洗干净的"浴衣"，颈间扑着痱子粉，众口同声地用京都腔背诵儿歌般的词句，模样儿十分乖巧，颇引人驻足。

走到一所高楼前，那石级上坐满了人。有的脱去了木屐，有的吃着点心，三三两两正休息养神。有些年轻男子索性翘足平躺在那儿。的确，不知不觉地走了将近两小时，我们每个人也都累了。看到这些坐着、躺着的人，原先被兴奋所隐藏着的疲劳感突然涌出。我觉得口渴难忍，步伐难移。于是我们进入附近一家冰店。当肌肤触及冷气，红豆刨冰通过喉咙时，几乎有如饮甘泉的感受。

走出冰店后，觉得身心都凉爽轻松多了。街上仍然游人如梭，我夹在平冈太太和秋道太太中间走，三个人手挽着手，平冈先生则走在我们前头。我们随便漫步，看着热闹。不知什么时候，有一个工人模样的男人迎面走来，直冲到我面前，他把手里拿着的纸扇举到我面前。我被这突然出现的人和突如其来的事吓愣了。平冈先生似乎也吃了一惊，做了一个要保护我的动作。那个人好像并没有什么恶意的样子，也不说话，只是望着我的脸，像献花一般地举着扇子。我只有接受它。他看到我拿了扇后，也没说什么，笑嘻嘻地走开。我们四个人都放心了。那把扇子只是一把普通的纸扇，一面印着两条鱼，另一面有可口可乐的广告，边上都有些破损起毛了。我因为自己手中原已有一把纸扇子，所以走了一段路后，就找个墙角把它丢了。平冈先生事后取笑我说："你真是个没有感觉的人，不懂人情，不能领略节日的气氛，还读什么文学呀！"

"宵山祭"照例要到深夜才结束，但是由于翌晨还要早起看游行，所以我提议早回去。街上受交通管制影响，没有电车，也没有公共汽车，而出租车也要走过好几条大街才能找到。我们踏着月光漫步，渐渐地把"祇园嚁子"的笛鼓声抛在身后了。

十七日早上，意外地雨后小晴，空气却相当燠热。我和李小姐在游行仪式开始的地段找了个靠马路的好位置。这一天上午，游行路线上的办公处大半休假，商店也紧闭大门，只开着边门让自己人进入楼上看热闹。靠街的餐馆更趁机会高价出售"祇园祭午餐"，作为特别参观席。不到九点，四条通街上两边骑楼下已黑压压站满了人，宽敞的街心则没有行人车辆，只有警察在维持秩序。在我们站着的右方不到五十米处，高空上横街张着一条粗绳索，上面每隔一段距离缀着代表日本神道的白色剪纸条。在绳索彼端的屋顶上，插着一根长竹竿，上面缀着树叶和一些白纸条。在初民社会里，相信山中大树是沟通人与神祇间的媒介，神由大树下降人间；人的祷告则由大树而上闻于天。这些树叶便是象征着山中大树的。

不久，从四条通的西方传来"祇园囃子"的声音，"祇园祭"正式开始了。为了满足观众的期待，舆车的进行十分缓慢。首先出现的是"长刀鉾"。每年七月二日，京都市长要在市政厅抽签决定"山"与"鉾"游行的先后次序，而只有这部"长刀鉾"是例外，总是负着率先领导的地位。由于其特殊的地位，这部舆车无论外形、无论装饰都特别壮大华丽。远远地，长矛在日光下闪耀，随地形高低与车身晃动，颇有韵律地前移。这部"长刀鉾"的前端中央坐着一个脸上敷粉，身着古代衣裳的十来岁左右的男童，叫作"稚儿"，他是这天的主要角色，每年从众多候选男童中，选出家世好而聪明伶俐者。由于这个祭祀是专由男性支配，而禁止女性参与，所以"稚儿"一经选出，即须离开自己的家庭，过所谓沐浴斋戒的生活。起居一切悉避免假手于女子，直到"祇园祭"终了，始得返家团聚。对于一个十来岁的孩童而言，离开家人，尤其久别母亲是相当不好受的事情，但传统习俗如此，而京都人皆视此为无上荣耀，所以多怂恿适龄男童竞选。"长刀鉾"前端的两条粗绳索各由十来名壮男拉着，高大的车厢里坐着十几个奏乐的囃子，车厢前并站着两名中年男子，随着乐声舞扇，看来热闹而古雅。舆车来到张着绳索的地方，须用约一尺见方的梶堵住车轮，始能停止。等到车身停妥后，穿着古典服饰的神主①便向四方撒盐，表示洁净，然后朗诵祈祷文词。祈祷之后，便进入仪式的最高潮：由于车身极高，张在二楼部位的绳索却在"稚儿"座位的下方，因此先由左右二人以铁钩子将绳子拉上，用一长方形素白木板托着，上置洁白之纸。这时"稚儿"徐徐起身，拔出腰间佩带的长剑，在身后站着的大人帮助下，从容地左右挥舞三度，最后高举过头，疾速落剑，绳索立即断绝，松弛下落。观众们本来都屏息闭气，紧张地注视着，顷刻间如释重荷般松了一口气，报以热烈的掌声。

这个断索的表演有若现代的剪彩典礼，接着便是舆车游行的开始。搬开了轮下的柅，两边拉车的壮男在车厢前端两个人的扇舞指挥下，同心协力将十几吨重的"长刀鉾"拉动了。这种双轮木车没有方向盘，没有刹车的设备，全靠人力进止，唯一控制动向的办法，是靠人用一根长木棍在车轮底下挪动轨迹。为着减少摩擦生热，并得时时在木轮上泼以冷水。当其转弯之时，则更费事了。车身必须先停止，取出预先放置在车厢底部的十余根细长竹竿，将其平铺地上，并多泼冷水，与两个车轮形成四十五度的角度。原先在车身前端拉绳索的人，这时要改立在车厢侧面，然后在"祇园囃子"的调子与舞扇者的指挥下，依着韵律使劲拉。拉车的壮丁除

---

❶ 主持日本神道神社者叫作神主，其地位有如耶稣教之牧师。

少数农夫外，多系赚外快的大学生，看他们拉得满身大汗，这钱实在不好赚。一次又一次的拖、拉，巨大的车轮终于滑越过竹竿而斜移，最后，车身成功地转一个九十度的大弯。这艰苦的工作，是"山鉾游行"的另一高潮，有些人为了看这转弯表演，故意在游行路程的转角处苦候。再者，由于"鉾"在车厢上插着高达十米余的长矛，所以一辆"鉾"的全部高度总在二十米以上。当这高大的舆车通过街道时，张在半空里的电线，往往阻碍其进行，所以游行之前，电力公司预先派人剪断此障碍物，舆车过后，又紧随着派人修接。看着工作人员冒高暑爬在电线杆上挥汗抢修，你不得不佩服京都人的保守精神。他们自有一套兼容古典文化与现代文明的办法啊！

"山"的构造没有"鉾"般的复杂，车身既无"鉾"高，车厢的移动也不必靠人拉。从前，这种舆车本是像轿子一样，由许多人扛在肩头上走的；近年来则改于木轮下再装置许多小车轮，所以实际上不必出力扛，只需紧靠车厢，手扶木架推动即可。在外形方面，"山"略逊于"鉾"，故而每每于装饰方面刻意求胜。几个比较华丽的舆车，往往是"山"而不是"鉾"。由于"山"不像"鉾"那样舆车上乘载奏乐的嚟子以及舞扇的人，故其空间可以尽量利用，以安置人像及布景。如"白乐天山"上，除有白居易像及道林禅师像而外，又有红色巨型油纸伞及松树等背景，车厢四周也挂满灿烂的饰物，除北平万寿山织锦图挂在车厢后身外，前面更悬挂着波斯刺绣的希腊"木马屠城"故事图壁毡。相传这是江户时代，经由南蛮贸易公司而输入日本的西洋物品之一。像这种西洋式的织锦壁毡，在游行的舆车队里颇有几条，除"白乐天山"外，如"长刀鉾""孟宗山""霰天神山""芦刈山""鸡鉾""油天神山"等舆车也都悬挂着荷兰、波斯，乃至天竺各地的古品，使得这个纯日本式的祭典游行中，除了加入我国的古代传说人物外，更平添一些西方文明的色彩。这种东西方文明的交融，当然不可能在"祇园祭"开始的初期就有，它是随着时间的推移、历史的进展、交通的发达，自然地从西方流入日本，终而被他们所接受的。正如同我们今天可以在其他许多方面看到的现象一样，日本乃极易接受、摄取和醇化他国文化的一个国家。

"山"与"鉾"按着抽签的次序，一辆跟着一辆，从观众面前经过。每一辆舆车的前后都有许多追随、保驾的人，而每一队人员所穿的衣裳各不相同，所奏的乐调也带着若干的区别，于是，各逞其能，争奇斗异，往往有意一新耳目。观众们也就为了满足好奇，冒着灼热的炎阳，站在街边耐心地等待。

每当一辆舆车经过的时候，车上的人往往会向观众抛下一捆捆的粽子，那上面有红白纸条，写着"苏民将来子孙"。"苏民将来"本是除疫保康之神，相传将这种粽子供在家里，可以保佑一家大小四季安康。虽然"宵山祭"时，很多人已经买过，这时仍有许多男女老幼争相拥向车前去捡，也有不少西洋人挤在里面抢，使节日游行的气氛更加浓厚，更加热闹。

二十九部"山"与"鉾"在七月的骄阳下缓缓游行，祇园囃子的笛鼓铃声响彻万里晴空。全部游行费去了整整一个上午。京都市的闹区为此电源断绝、交通瘫痪、办公室休假，而人们却挥扇拭汗，浸淫在这古都盛夏的大祭典氛围里。

想窥看京都的古雅吗？想了解京都人的骄傲吗？多彩的"祇园祭"也许可以告诉你一大部分！

京都的古书铺

在日本，一提起古书铺，任何人都会立刻想到东京神田区的神保町，的确，那一带以古书铺闻名的历史已久，店铺集中，书籍丰多，是读书人精神散步的好去处。京都的古书铺虽然不像神保町那样声势浩大，却也同样令人神往。神保町的特色在于：栉比林立，无非书铺，大街小巷，到处可观，而京都的古书铺是分散的。不过，于分散之中又呈现着集中，如今出川通、寺町通、丸太町和河原町一带，都是古书铺集中的主要街道。

逛书铺，常常是精神愉快，而身体劳累的，因为当你找书的时候，必须精神集中，既要东张西望，又得上下观看。一卷在手之后，则往往被那文字所吸引，而忘了时间的过去。尤其如果挨家串门，站着看书，双足最是辛苦。在神保町，由于那一区的书铺集中，往往会使你欲罢不得，不知不觉地一家家看下去；京都的古书铺由于分散的关系，你可以很自然地有休息的机会，调剂疲劳。最好是随兴所至，抱着无所为而为的心理去漫游书街，那么，你可能会无意间在一家小店的尘堆里发现一本好书；或者，你也可以有计划地分若干天，遍访大小书坊，你可以从容仔细地看书比价。

有学生的地方就有旧书店。像东京大学被许多书铺文具店围绕着一般，京都大学北面的今出川通，从百万遍到北白川通的一段，卖旧教科书、参考书和其他古书的店铺有十余家。日本的书是相当贵的，尤其是读外国文学和理工科的学生所用的原文课本，价钱往往在上千日元以上。因此，许多学生在开学之前喜欢去逛旧书铺，找高年级学生用过的书，而一些俭省的学生也常是刻意保持书本的干净，以便将来用过卖给书铺的时候可以有较高的售价。如果你到京大附近的旧书铺去，往往可以看到书店老板娘坐在柜台后，一心一意用橡皮擦子擦净旧书上的注字和画线。不过，有时候，一个好学生用过的书，他所留下的注解或评语对看书的人是很有益处的；当然，也有一些学生于上课无聊之余，在书本上乱涂，甚至写些骂教授的话，或看了令人发噱的笑话。这一带的书籍，多将书籍分门别类整理排列出来，譬如文科的、法政科的、理工科的等等，都有醒目的标条，因此学生们极易在书架上找到自己所需要的书籍。一本旧的教科书，其价钱通常比新书便宜三折，学生可用买教科书省下的钱，再买一些参考书，而且，一本有价值的书读过后继续能被另外一个人再读，也总比排在书架上无人看，或弃置当废纸好得多。这样看来，旧书铺无论对人或对书而言，都是极有意义的。除了教科书、参考书而外，京大附近的旧书铺里也常可以看到很多过期的学术性刊物，多数是各大学团体出版的，其中不乏名教授的论文。如果你肯花一些时间，仔细去翻阅那些堆积在书架底下的旧刊物，极可能找到几篇尚未成单行本问世的有价值的论文呢。

在今出川通靠近加茂大桥处，有一家"临川书店"，这家旧书店以好书多和价钱高闻名，往往有已绝版的书，因此对一个急需的人，或有购书癖的人来说，明知其贵，也不能不倾囊了。据说这书店的老板极有眼光，也极有生意脑筋，一本绝版的好书在他手里，一夜之间可能提高好几倍的价钱。旧书铺里的书绝不全贱售便宜货，一本旧书的价格比新出版时贵上三数倍，乃极普通的事情，因为毕竟书的价值并不在于其纸张的新旧和装订的好坏啊。"临川书店"的书籍一向以外间稀少著称，有时他们甚至号称"仅此一家有"，但是，如果一本老板认为"别家所无"的好书突被发现，他会毫不迟疑地派人高价收购下来，以维持"物以稀为贵"的原则和书店的"信誉"。这一点，往往使读书人恨得咬牙切齿，却奈何他不得，因为他们的脚步永远比你快一步！

与今出川通互映成趣的旧书店街是丸太町，这一条街显得比较破旧，房子也多半古老暗淡。两边大小店铺加起来总在二十家以上。如果挨家挨户去逛，是相当累人的，不过，其间不乏好书店，也有一些书店是颇具特色的。譬如，有一家旧书铺店面极小，除了卖一些普通西洋旧书和日本旧书外，有一角落专出售有关书道的书籍。凡书道入门指导、书道历史、各种书帖，乃至名人笔迹等，十分齐全，为别家书铺所罕有。又有一家设有专栏，标条上写着："宗教心理学"，而书架上密密地排列着带有神秘色彩的书籍，诸如灵魂学、日本神道学、催眠术，以及许许多多占卜星象类的书本。外表看来，那些店铺都一样的窄小陈旧，仔细观察下来，你可以发现它们之间是各有差别、颇具个性的，而这也是书铺这样多却各自能生存的道理，因为它们各自有不同种类的顾客。到这一带来看书和买书的，身份比较复杂，有学生，有教员，也有一般社会人士，以及对某种专门学问和书籍有特殊爱好的人。问津者虽不乏其人，多数只是站着看书的客人，真正买书的并不多。店铺老板对这种情形早已习惯，常是稳坐柜台后面，有时径自看他的报纸，甚至打他的瞌睡去，直到客人拿了书来问价钱，才懒洋洋地起身应付。

讲到有特色的旧书铺，在河原町丸太町电车站附近的"金原出版社"也是值得一提的。这是一家专门出售医学方面旧书籍的店。一走入店内，便可以看到那书架上写明的内科、外科、小儿科、妇产科、皮肤科等标签，使你误以为进入了一家医院，所不同者，他们是兼收近代西方医学与汉医草药科针灸类的。因为这一家书店除医学旧书外，绝不卖别种书籍，所以是一个"窄门"，只有医学院的学生、教授和医生、护士才来光顾，至于外行者，第一次闯错门，下次便不会再"自讨没趣"了。另外，在河原町二条的"文华堂"，初上门的人不易发觉它有何特点，因为这家店面较宽敞，前面部分出售的书籍都是一些普通日文及西文的书籍。如果你顺着书架走到里面去，便会发现那儿排列的都是一部部巨大的书，并且都是有关考古、古代美术及工艺建筑一类的专门书籍。尤其引人注意的是，有不少关于日本古寺院、殿堂、佛像等历史遗迹之修建、补塑的工程经过和报告资料等。日本人十分重视他们的史迹，视作国宝、重要文化财产，而刻意保存，时加修护，也特别保留修护的记录。这家旧书铺的主人别具眼光，专做这冷门生意。如果有人对日本寺院佛像有特别的兴趣，或想要写这方面的专文、论文，"文华堂"是颇值得走访的。像别的古书店一样，这儿也附带出售一些有关历史、考古学方面的过期刊物。这"文华堂"也是以书价昂贵出名。

在京都，研读汉学的人都知道有一家"汇文堂"。这家以专售中文书籍和有关汉学研究书刊出名的旧书店，坐落于御所（日本故宫）南侧，寺町通与丸太町口。汇文堂已有多年的历史，如果你慕名而去，起初对那"其貌不扬"的外观会感到失望。那是一座二层的京都式木房，与它的左邻右舍一样陈旧而暗淡。那两间店面大的门口，右面的玻璃门永远紧闭，垂着白布，只留左边的门半开着，供人出入。由于房屋低矮，光线不充足，加以书籍堆满整间房子，所以找书不太容易。京都的古书店有两种作风：一种对书籍整理十分注意，分门别类颇为清楚，书架上保持秩序井然；另一种则不经心安排，书籍随便地排在书架上、摊在桌子上，甚至堆在地上，汇文堂的作风即属于后者。这家书店的书籍倒是丰多而可观，所以平日前往光顾者颇不少。当你聚精会神看书或找书的时候，往往难免会在狭窄的空间里，与背后的人相碰，或不小心被人踩一脚。在书堆后面的柜台里，常常坐着一个中等身材的青年人，他便是现任的汇文堂老板。不过，这个书铺并不是他创设的，他是数年前去世的前老板大岛五郎先生的女婿，因为大岛老先生没有儿子，所以就以入赘的女婿来继承这份产业。又据说，汇文堂的创办人还是大岛五郎先生的哥哥，他当初开设这个卖汉籍书的铺子时，自己对汉文及汉文研究并不十分熟悉，但是肯认真地请教各方学者，于是不断地学习和累积经验，变成了一个行家，而汇文堂在京都以及关西一带学界，也就有了相当的名气。大岛老先生在他的哥哥去世后，接办了书铺，能以诚恳的态度做生意，所以汇文堂一直为学者教授们所爱顾，在大岛五郎先生六十岁生日的时候，京都的学者们曾经联合为他举行过寿宴，这种例子是绝无仅有的，由此，也可以想象他是如何得人心了。难怪大岛太太至今对她先夫怀念不已，逢人便追述大岛先生过去的种种故事。也许是因为太思念逝去的大岛先生吧，她对年轻女婿的经营方式常感不满。本来家家有本难念之经，而这位干瘦的老太太却经常爱向她的顾客们倾诉满怀牢骚。许多人对她那绵绵的京都腔牢骚都视为畏途。至于年轻的现任老板呢？也自有他的一肚子苦衷，他是一个颇有雄心的人，很有意重新整顿汇文堂的店面，使之恢复昔日盛况，但是大岛太太处处与他持不同的意见，最使他头痛的问题是：大岛太太那种带着罗曼蒂克伤感的态度，宁可将她先夫所遗留的一些珍贵的善本书束之高阁，时时独自赏玩，借以追思亡人，也不舍得把它们整理出来，卖给读书人。

从"汇文堂"顺着寺町通南走，经过一些古董古玩店，如专卖镰仓、明治时代字画的"艺林庄"，和以专出售书道旧字帖及书画论一类旧书籍闻名的"文苑堂"，在左侧可以看见"文荣堂"，右侧稍远处则有"其中堂"，这两家书店都是专售佛教典籍的。"文荣堂"是京都著名的佛教大学大谷大学的附属书店，除了一般佛典外，主要供应大谷大学、花园大学等佛教学校以及其他各大学里哲学系、佛学系学生的教科书。日本的佛学研究甚盛，近年来更开直接研读原典的风气，故而梵文、巴利文、藏文等字典、辞典遂成为学者们的必备，而此类工具书的价格往往十分昂贵。"其中堂"的规模较"文荣堂"为大，除了店铺的前半部分出售各类新旧佛典，以及有关佛学研究的书籍外，以中间部位的柜台为界，后半部所藏皆为线装善本书，极为珍贵。店主是一位五十开外、清癯的中年人，风度儒雅，经常坐在柜台里。在他经营之下，这个书店保持着十分古典的风格，如果你稍加注意，可以发现店前大门常贴着红色对联，有时写着"一人克己""长幼有序"等勉人励己的话。"其中堂"附近的"竹包楼"是一家历史颇久的古书铺，外表看来暗淡而平凡，然而无论其店面店里都保留着江户时代古色古香的风格，这样的古书铺在京都可谓绝无仅有，而在东京也已找不到了。

从河原町二条向南走，经过三条，到四条，越走越繁华，此条南北行的街道本是京都的主要商业区，许多商店和饮食店都集中在此。每隔若干店面，就夹有一两家书店，有出售新书的，也有卖旧书的。卖新书的，如著名的"骎骎堂""丸善"和"京都书房"都在三条与四条之间，而卖旧书的则以"京阪书房"和"赤尾照文堂"最有名。"京阪书房"和"赤尾照文堂"是买日本文学书类以及日文学术刊物者必须一顾的地方。这两家店铺因为地点在繁华区，所以都比较体面，与丸太町或今出川通诸书铺的寒酸相或名士派大不相同。"赤尾照文堂"店内更有冷气装备，可算是古书铺中最豪华的了。这两家店在河原町三条的东西两侧，所出售的书籍既相若，价格也同样昂贵。它们的书都整理有序，分门别类，极便于购书者寻找。内中不乏巨著，如《大日本史》等成套的精装书籍，或某些作家的全集等，都用绳子捆好，堆积如山。这些书的价格与原价相仿，有些绝版的书则往往超出原价好几倍。如果你是一个生客，他们所要求的书价是毫无商量余地的；如果你是一个老京都人，或是有名的学人，那么他们经常是和颜悦色的，而且价格也公道得多；有时候，甚至一个外国人，如果持有知名学者的介绍信或名片，也可以得到一折至二折的优待。金子彦二郎著《平安朝文学与白氏文集》一书本来开价六千五百日元，一张平冈教授的名片，使我以六千日元整得到了它。像这些地方，倒显出京都的人情味呢。

规模较大的古书铺几乎每隔一段时间就会印出书籍名单和价格，分送给各学校或经常买书的人士。这样可以让你省去亲劳往返和费神寻找。你只需按着他们编排整齐的目录看下去，圈出自己想要的书，再去购买便可。有时候如果你是一个老主顾，只要拨一拨电话，告诉书店那些想买的书名，他们便会派人送到府上来。不过，一部好书，往往书单一到，若不立刻去买，或预订下来，就有被别人捷足先登的可能。从书单价格上，可以发现古书铺的老板都是十分有眼光，也精于做生意的。有些稀有的专门性的书籍，他们所开出的价钱倒也十分大胆，譬如当今日本研究中日比较文学的学者小岛宪之所著三本《上代日本文学与中国文学》就索价九万五千日元之高！古书铺的目录除罗列书名及价钱外，往往也附有书籍折旧的说明，例如"缺封面""底页脱落"等等，这样可以使人在购买之前心里有所准备，而不至于有被骗的感觉。仿佛每一家书店之间有所默契似的，它们所开出的同一本书的价格都差不多，这情形甚至从东京到京都都是如此。东京神保町的古书铺经常将它们的书目寄给京都的学者们，京都的书铺想必也会把目录寄给东京的学者们吧。

这些散布在京都各地的古书铺平日各自经营，互不干涉，但是每年至少有两三次联合展览，借以联络同行间感情，同时也可以收到扩大宣传的效果。联合书展通常租用百货公司顶楼的一部分场地，由每个书铺负责一个摊位，将店里的书籍移来拍卖。这种书展多数不会有许多珍贵的书籍，却像庙会赶集的露店一样，全凭购买者的眼光。如果你有耐性翻看，很可能会在一堆破书中发掘出稀奇古怪的东西来。我曾经在一次书展中看到一张十分完整的绘有穿粉红色旗袍中国美女的"美丽牌香烟"广告招贴。这种东西现在若想在台湾找一张,恐怕还不是太容易吧?我也看到一本民国初年的上海市地图。此外,尚有默片时代好莱坞影星的放大相片、日本早期少女歌舞团演员的签名照片集,以及一些日本的不太著名的作家所遗留下来的手稿,等等。这些颇有年代的东西,其本身不一定有太大的价值,它们平日很可能埋没在古书铺的书架底下,绝少引人注意,也被书店老板所遗忘,然而为着参加联合书展,出清存货,于是都被整理出来,掸去积尘,摆到展览的摊子上,或挂到墙壁上来。这样的场合里,它们忽然发出了光芒,成为吸引人的珍物。对于识货者,或有搜集癖好的人而言,确是很难得的机会哩。由于展览的场地选择在百货公司里,故参观者有看到广告而专门赶去的,也有于购物之余顺便去逛逛的,因而场内往往十分拥挤,卖书率也出奇地高。

  以上,就记忆所及,拉杂地写了一些有关京都古书铺的种种。在日本,京都的古书铺,其名气未若东京的大,然而对我个人而言,东京神保町一带的书街,只逛过三四回,而且每回都比较匆忙,难免有走马观花之憾,总不及一年来时常流连的京都古书铺熟悉;再者,对于京都,我有一份深深的怀念,对她的一切都有感情,我之偏爱京都书铺,这也是人之常情吧。

专售中国图书的汇文堂书庄

吃在京都

在我构想这个题目的时候,立刻想到,如果是一个日本人,或一个在日本住过一段时间的外国人,必定会指责我错了。因为在日本,有一句很普通的谚语:"吃倒在大阪,穿倒在京都。"以吃著称的是大阪人,为了满足口腹,大阪的人不惜慷慨倾囊,吃倒了家产;京都人的嗜好是在衣着,尤其是京都的妇女,她们宁愿倾家荡产去买一袭华丽的和服,或粗饭蔬食地节省,以换取一条西阵织锦带❶。所以如果说"吃在京都",不要说大阪的人会嗤之以鼻,连东京的人都会不屑倾耳的。尽管京都人把生活的重点放在衣着上,他们也自有自己的一套食经,而有些当地的老饕,更以为想吃细腻精致的菜肴,非京都莫属。

我是一个充满了好奇心的外国人,而且,对京都我几乎是一见

---

❶ 日本和服腰部系宽带,而女性着和服时最讲究其带。京都西阵一区自古为织锦产地,其腰带质量最高贵。

倾心的，我爱她那四季多变的自然环境，我爱她那古趣盎然的庭园寺院，我爱她那闲适自在的生活情调，如果不去尝试京都的食物，怎能更深入地了解京都人的生活全面呢？可惜我在京都的时间有限，而又只是一个穷书生，所以只能在有限度的条件下，去窥探京都人的食生活，否则恐怕真会"吃倒在京都"，而贻笑大方了。

日本人以含蓄为美德，一切讲究收敛，不喜宣扬，而这个现象在保有千余年历史文化的古都更为显著。就以料理亭❶为例子吧，你想吃一顿真正京都风味的食物，往往不是在闹区的三条或四条❷即可以找到的。一个精于此道的京都人会带你到某一条小弄堂里的平房前面，告诉你在那儿你可以享受一餐美食。那个料理亭可能与附近的民家没有什么分别，木造的日式房屋，窄小的门面，拉开细格子的木门，可能还垂着一幅蓝色蜡染的布幔，所不同者，无论你什么时候进去，他们的店前总是扫除洁净，在那石板地面上泼洒着水。日本料理亭前喜欢泼水的缘故，一方面是因为可以保持灰土不扬，干净凉快，另一方面则因为"泼水"这个词的发音在日语里近似"招迎"，可以解释做"以广招徕"，生意人借此讨个生意兴隆的吉利。只要一听见拉木门的声音，店里就会有两三个穿着和服、脸上堆满笑容的中年妇

---

❶ 日式餐馆称为料理亭。

❷ 平安时代京都街道仿长安，纵横如棋盘，东西行者，自北而南共九条，三条与四条位在京都市中心，为该市最繁华之区。

人碎步出迎。她们会操着浓重的京都口音说欢迎客人的话，并且迅速地接过客人手上提的东西，引导入内里。平常一个较高等的料理亭，往往要走一段石板廊子，才能到餐室。这时你会惊讶于里面的气氛是如何与外头所看到的门面不同了。京都自千余年前平安时代以来，直到明治时代，为日本的都城，历史与古迹是它的光荣与特色，因此京都的人都刻意保留古物，他们宁愿时时翻修木屋纸门，却不愿让钢筋水泥的大厦替代那些低矮阴暗的老房子。先前你所看见的京都式细格木门也许有数十年的历史了，因此那未施漆的木料已发黑。跨过门槛，低头从布幔下钻过，你会看到一条洁净的石板路，石板与石板之间可能还有翠绿的苔痕，两旁布置着精致而古雅的石庭或假山石。眼前的景致予人的印象毋宁是宾至如归，亲切而温暖的，使你不会有置身餐馆的感觉。

　　日式料理亭的餐室都是榻榻米的，所以客人一律要脱鞋才能入内，至于房间，有大有小，依宴客人数的多寡及排场大小而定。正式宴客的房间多有"床之间"❶，墙上常悬挂着书画，案上供着鲜花，主宾被安排在面对"床之间"的方向，算是上位。客人坐定后，服务生会送来毛巾和热茶。京都以产"清水烧"陶瓷器著名，一个好的料理亭所用的茶碗食具常比一般家庭考究，有些茶杯往往

---

❶　"床之间"即壁龛之大者，多为供设饰物之用。

价值在千日元以上。所幸日式房屋席地而坐，茶杯不易打破，而当客人手捧精致名贵的饮具时，心里常常有受尊重的感觉，所以也就特别自重自爱了。

　　京都的宴会和日本其他各地大致相同，只是更注重餐前的茶点。因为京都是茶道的发祥地，所以有些料理亭也会用抹茶❶佐以精美的甜点待客。日本人用餐方式与西方人相似，与我们中国人围着中央的大盘，大家共享一菜不同，而是每人面前一个托盘，上面放置着酒杯、碗筷和碟盘。第一道菜是冷盘，有鱼虾，有蔬菜，却绝无肉类。说来奇怪，中国的酒席若省去了鸡鸭鱼肉几乎不能想象，而日本人正式宴客却不能有肉食上桌，他们连平日三餐也极少吃鸟兽肉，鱼和其他海产是他们的主菜，这可能与岛国环境有关系吧。京都人的冷盘中最常见的是利用河鱼做成的生鱼片。因为该地离海较远，海鱼需依赖附近滨海地区供应，但河鱼则可以直接取自东北方的日本第一大湖琵琶湖。这些或切片或切丝的新鲜生鱼，不佐以绿色的芥末，却另配有一种颜色较黄、味道酸中带甜的稀酱。据说是因为河鱼有较重的土味，所以需用酸味来遮盖。许多初尝日本菜的外国人都吃不惯这种"颇野蛮"的生鱼片。尤其京都的新鲜河鱼更不堪入口，如果你不能吃这种生鱼，享受京都美食的乐趣就减去

---

❶ 日式茶道以茶粉代替茶叶，称作抹茶。详见《京都茶会记》。

了一大半。河里的生鱼片较海鱼爽脆,味道也往往更鲜美,配以酸甜稀酱,初尝时可能稍觉异样,细嚼之后,那种特有的风味确属不凡,你便不得不同意京都人的调配了。

　　冷盘中,除用新鲜的鱼虾外,京都人每好以时鲜蔬菜点缀其间。春夏之交,芋头的新茎刚长出,摘下最嫩的一截,用沸水略烫,切成寸许长,放在精致的浅色瓷碟中冷食,颜色碧绿,脆嫩可口。又有一种细长而略带紫红色的植物,梢头卷曲,学名叫薇。同样以清水煮熟后,切段冷食。这种野菜在一流的料理亭里,每人面前的碟中一小撮,以极讲究的手艺摆列出来,予人以珍贵的感觉。想到伯夷、叔齐义不食周粟,隐居首阳山内,采薇而食,终于饿死,其间的意境何其悬殊啊!日式筵席讲究排场和气氛,食物本身却往往十分清淡,量也极少,京都的吃食,尤重精美。一道看似寻常的菜肴,可能花费三数番烹煮的工夫。当其被小心放置在色彩调和的盘碟之中时,确实能收牡丹绿叶之效果。一般说来,京都的食物是颇重视觉享受的。对于讲究实惠的中国人而言,有时难免觉得他们的视觉效果反居味觉效果之上了。有一回,我受日本朋友的正式招待,在冷盘之后,服务生端上来一汤一菜,都用十分讲究的碗盛着,上面都有碗盖。打开了汤碗的盖子,里面是七分满的"味噌汁"❶,三数粒新鲜甘贝沉浮着,滋味相当鲜美。另一个较大的丹漆

---

❶　"味噌汁"即日式豆浆汤。

木碗非常豪华，碗盖上镂嵌着金丝花纹。我充满好奇与期待，小心翼翼掀开了那扁平的盖子。出乎意料地，在那直径约三寸的朱红色木碗内，只端端正正地摆着一寸见方的蛋卷，旁边点缀着几片香菜叶子，此外更无他物。朱红的容器、黄色的蛋卷以及绿色的香菜，那颜色的配合倒是很雅致的，不过，我不能否认当时内心所感到的失望。越是大的料理亭，容器越大，也越精致，里面的食物相形之下也显得越"渺小"了。

京都的厨子布置菜肴往往遵循一定的规则，那严格的态度就如同花道老师教授插花一样一丝不苟。在圆山公园附近有一家"平野家"，专售芋头炖风干鱼，据说已有三百年的历史了。我个人觉得那芋头与风干鱼的味道并不怎么出色，可是对他们的清汤则至今怀念。打开红漆的盖子，一碗清可见底的汤，中央均衡地放置着一小方块蛋饼、一片香菇、一段竹笋和一支松针，上面覆盖着薄薄的一层豆腐衣。那碗清汤用木鱼以文火炖出，故味道清香鲜美无比。据说这碗汤的五色内容，其布置法三百年来未曾改变过。京都就是这么一个地方，处处保留着他们的历史传统！

说到菜肴布置的手艺，另有一家料理亭的生墨鱼片也是很值得一提的，他们总是将一片片白色的墨鱼片卷曲摆列成一朵白色茶花的形状，用黄色的鱼卵做花蕊，翠绿的菜茎和三两片洗净的树叶点缀衬托，摆在未施漆的桧木砧板上，构成一幅艺术的画面，教人不忍下箸破坏那完美的形象。就因为京都的厨师特重菜肴的视觉之美,所以连日本人自己也管京都菜叫"用眼睛看的料理"了。

京都的烹饪除了特别重视其视觉美之外,更以味淡著称。日本菜本来就比较清淡,而京都菜尤其味道淡薄。东京和大阪等外地的人常嘲笑京都的食物"淡而无味",然而京都人另有一套说辞,他们以为调味浓腻会遮盖食物本身所具有的味道,烹调得淡,才能享受原味,他们更认为会欣赏淡味菜肴,才是真正懂得吃的人。普通一个家庭的厨房里多备有两种酱油,一种是淡色的(相当于我们的白酱油),做调味之用,另一种深色的,专供蘸食用。除了享受食物原味之外,淡色的酱油也可以使食物保持其原来的色泽,这一点也是他们所重视的烹饪之道。

将这种素淡的"食经"发挥到极致者便是京都有名的禅料理——"汤豆腐"。顾名思义,禅料理与佛教禅宗是有关联的。京都市内及近郊大小的佛教寺院多不胜数,而在各宗派之中,禅宗寺院颇居多数。这些寺院多有供应禅料理(一名精进料理),禅宗和尚不食荤腥,全用素食,而其中以清水煮白豆腐最有名。日本一般市场里出售的豆腐比较粗糙,而寺院里禅僧的豆腐则洁白细腻,入口即化,十分精致。这种"汤豆腐"只是将嫩白豆腐在沸水中略微余过,切成半寸许见方,仍浸于清水中,以保持幼嫩。通常都是用木制小桶装着,食时蘸以七味❶及白酱油。其色泽纯白,味亦淡薄,完全符合禅宗意

---

❶ 京都名产,用七种调味品配合成者,称"七味"。

境。京都市内以南禅寺的汤豆腐最负盛名,每年观光季节,从外国和日本各地来京都的人必一尝此禅味,故而"南禅寺"北侧的"壶庵"常是座无虚席,有时尚得排队等候。"清水寺"的汤豆腐虽未若"南禅寺"著名,然而在那半山腰的露店里,脱去皮鞋,盘坐在铺着红布的榻榻米上,叫一客清淡的汤豆腐,饮两杯甜甜的日本酒,无论赏秋叶,或看落英,都是极风流饶有情致的。

京都人虽然雅爱淡的口味,但是这并非即表示他们没有油腻的食物。在闹区三条京阪车站附近的狭窄弄堂里有一家"北斋",以独家生意"御猎锅"出名。关于"御猎锅"一词的来源,在一个北风凛冽的夜晚,那个掌厨的京都妇人曾娓娓地告诉我:在很久远的古代,有一次帝王贵族们出外打猎,由于兴致浓厚,较预计的时间延缓了。他们吃尽了携带的粮食,不得已而向农家求食。受宠若惊的农人,赶忙洗净了锄头,宰杀了肥鸭,就在炭火上用锄头替代釜锅,以鸭油烤鸭肉,佐以新摘的蔬菜进供。那些饥饿的贵人享用过嗞滋作响而香喷喷的鸭肉后,竟留下了难忘的印象,故而回到宫殿里,特令仿造农作的锄具,如法炮制。从此这道农家野味不胫而走,遂为别致的菜单。这个故事与正德皇帝大赏民间稀饭酱菜的逸闻相类,其真实性颇可疑,然而姑妄言之姑妄听之,也是异乡寒夜里一段有趣的记忆。"北斋"的店面不大,只有里外两间,却十分爽净,布置也颇不俗,到处有斗笠、蓑衣等装饰,洋溢着农庄情调。里面较大的一间供正式宴席用,通常小吃则在外面一间。在那二十席大的空间里，摆着四五张日式矮几，上皆有瓦斯设备，随时可供烧烤。另有一排如同酒吧的柜台，上面也装着瓦斯炉。由于柜台下挖着一条沟，客人可以把双腿垂放，而不必受日式盘坐的麻痹之苦，所以一般外国人都愿意坐在那儿。客人坐定后，他们会送上一杯热茶、一条毛巾和一张印着"北斋"的纸制围兜，教你将两根带子系在颈后，以防食时鸭油溅污胸前。接着，那位妇人会把你面前的瓦斯炉点燃，放上一块锄具形铁板，又端出精巧的藤制小簸箕，上面堆放着一片片鸭肉、葱段、白菜、青椒、胡萝卜以及新鲜香菇等蔬菜。客人可以自己动手将那鸭油放在铁板上煎炸。然后再放葱段和鸭肉、蔬菜等。如果你是一个初次尝食的客人，那位妇人会亲切地替你服务，同时用绵绵的京都腔和你聊天。她的手法熟练，有时候一个人站在柜台里，可以同时照顾一排五六个客人，而使每个客人都没有被冷落的感觉。当鸭肉烤熟时，浓郁的香味便充满整个房间，教人垂涎三尺，而嗞滋响的蔬菜又十分爽脆可口。面前的炉火把你的脸烘得红红热热的，如果再叫一壶乳白色的浊酒慢慢酌饮，几乎可以把异乡冬夜的愁闷暂忘，而"五世长者知饮食"，这时你的享受真不啻是帝王贵族了！

日本人平时很少吃兽肉，据说吃牛肉的风气还是明治维新以后才开始的，有些保守的京都人至今不能习惯肉腥。战后日本政府为了改善民间的食生活，促进国民健康，已提倡面食和多食鸟兽肉，而一般年轻人也逐渐有重视肉食的倾向了。或许是平时多以鱼介蔬菜为主食的关系吧，当他们享用肉食时往往只以吃肉为目的，而暂摒鱼虾，仅以些许蔬菜佐配。在京都的大街小巷里，到处可以看到用白糖和酱油烹调肉类的"寿喜烧"招牌。更甚者，在闹区河原町四条有一家号称肉屋的"南大门"。这家六层楼高的餐馆有电梯接送客人，而每一层楼专卖某地肉食：有日本式"寿喜烧"、"铁板烧"、韩国烤肉、蒙古烤肉及西式牛排等。初看那称作"肉屋"的广告，不明就里的人往往会吓一跳，其实所谓肉屋者，即意味此六层楼的房屋全部以肉食为主。以前动物的内脏为日本人所厌恶丢弃，近来也颇有知味者了。街边常见"荷尔蒙烧"这种奇特的广告，便是指专以肝脏、肚子、腰子等为主的食物。我们中国人一般家庭中常吃炒肝片、腰花等，却从来没听说过标榜为"荷尔蒙炒"的吧。

讲到肉食而不提"十二段家"可能是一大疏忽。如果你在京都想吃涮牛肉，任何人都会告诉你应该到"十二段家"去。因为"十二段家"是京都卖涮牛肉的元祖。据说"十二段家"的主人早年曾住过我国北方，返乡时携回了这种美味而别致的食谱，而在京都最典雅的地区祇园开设了这家店。"十二段家"这个店名颇不俗，乃典出于歌舞伎[1]"忠臣藏"者，可见店主对古典的嗜好。而其

---

[1] "歌舞伎"为日本古典戏剧，类似我国京戏，详见《岁末京都歌舞伎观赏记》。

店面也保留着古典京都式建筑物风格,无论那"勘亭流"❶的招牌、赭红色的格子木门或蜡染的垂幔,都能予京都人亲切的印象。如今开创"十二段家"的主人已故去,祇园的店由他的大小姐主持。年届花甲的现任女主人颇能克绍箕裘,使店誉依然不衰。除了祇园的本店之外,"十二段家"在丸太町和北白川通另有两家分店,也都保持着老主人的作风,由三小姐夫妇主持,秋道先生管理丸太町的店,而秋道太太管理北白川通的店。北白川通的"十二段家"于两年前建成,在钢筋水泥的建筑物逐渐取代旧式木屋的今日,秋道先生夫妇却执意修建真材实料的江户时代京都式房屋,以求得三个店铺的风格一致。由于北白川通近京大人文科学研究所,许多学者的住宅都在附近,而秋道太太又是一位多愁善感、饶有文学气质的女性,她店里所悬挂的字画、展出的屏风,甚至摆饰用具都十分雅致,所以这家"十二段家"很自然地成为文人学者们雅聚的场所。我第一天到京都,平冈教授便介绍我认识了秋道太太,而她和我一见如故,一年来竟成了无话不谈的知交。秋道太太主持的"十二段家"也以涮牛肉著称,不过她做涮牛肉的方式和我们中国人略异。对于贵宾上客,她会依京都习俗,先上热茶和糕点,继之以日式冷盘,以为佐酒之菜肴。铜制的火锅与我们中国的火锅完全一样,不

---

❶ "勘亭流"为日本书法之一体,类我国仿宋体而略浑圆,为"歌舞伎"专用字体。

过，她会在那一锅沸滚的清水里先放下大葱、白菜、茼蒿和新鲜香菇等蔬菜，然后请你自己把面前的牛肉放下去涮一涮。那牛肉有半公分厚，而且也切得很大，每人盘上四条。京都附近有神户、松阪等有名的肉牛产地，而牛肉的等级颇多。"十二段家"一向以供应上等牛肉维持店誉，他们所选的牛肉肥瘦得宜，精肉里带有点点白油，一如降霜，这种肉吃起来特别滑嫩，日人称作"霜降"。至于蘸肉的作料，则是"十二段家"的一项秘密，虽然一年来爽直的秋道太太对我无话不谈，这一点秘密她却始终没有透露过。我只知道那每人一小碗的白色作料中大部分是磨研成浆汁的芝麻，又依客人的口味嗜好，可以任意加些白酱油及葱末、七味等。这种吃法与我们中国人先涮薄片牛肉，后烫蔬菜、粉丝等物，而作料依个人喜爱自己调配有多么不同！不过，没有到过中国的秋道太太相信这就是我们的涮牛肉，同时她家菜单上的涮牛肉也不依日式读法，故意用拼音注音 Shuan Niu Rou，以示正宗。除了涮牛肉外，"十二段家"也供应西式牛排以及纯京都风味的茶泡饭，而茶泡饭佐以酱菜、生鱼片及味噌汁这一道清淡的吃食，和涮牛肉同为其招牌菜，许多日本各地游客不远千里来吃它呢。有时，应客人喜好，秋道太太也会供应各季的时鲜。在春末夏初时，我曾在一次宴席上吃到鲤鱼做的生鱼片，对之印象深刻，至今难忘。当侍应小姐端出那直径至少有一尺半的大陶盘上来时，我以为躺在萝卜丝做成的波浪里的那条鱼是活的，因为它看起来外形完整无伤。当秋道太太用筷子掀去那覆盖着的一层鳞片时，底下赫然是已切成薄片而排列整齐的鱼肉，肉色透明，微渗鲜血。这纯是刀法与速度的表演，那位年轻厨师岛田先生确实有了不起的手艺！当我们的筷子翻动鱼肉时，那条看来完整实际上已体无完肤的鲤鱼竟然跃动了好几次。秋道太太骄傲地告诉我：这足以证明鱼片的新鲜，然而看着那垂死痉挛的鱼身，我已倒足胃口，不忍下咽了。

在京都吃河豚也是极风雅之事，但是受了过去"拼死吃河豚"的错误观念影响，我一直认为那是极危险的，而不敢轻易尝试。直到快离开京都时，写苏东坡论文的李小姐因为有感于东坡盛称河豚味美，说为了享受其美味，"直那一死！"❶，觉得在日本而不吃河豚，无以了解古人之语，所以约我去共尝河豚滋味。在我国大陆，河豚上市时应该是荻芽生、杨花飞的春天❷，然而在日本却在冬季，而我们两个人想起吃河豚则在七月的祇园祭❸时候。日本朋友们都说在夏季里想吃河豚是挺不容易的事情，然而我们这两个异乡吃客抱着"不到黄河心不死"的决心。李小姐更不惜花费二百日元买了一本《京都味觉散步》作为指南。于是她和我拿出访名园古刹的精神，按图索骥，在河原町三条与四条之间，大街小巷地转着，

---

❶ 见《邵氏闻见后录》。

❷ 见梅尧臣诗《范饶州坐中客语食河豚鱼》。

❸ "祇园祭"为京都七月盛典，详见《祇园祭》。

最后总算找到一家终年供应河豚的"五十岚"。我们叫了两客河豚全席，所费不过一千四百日元，包括有醋渍河豚丝的前菜、河豚生鱼片以及河豚火锅。生鱼片取自河豚肉最佳部位，那切成赛纸薄的鱼肉透明而晶莹，摊摆在五彩大瓷盘上，盘上的花纹透过鱼片而清楚可辨，十分美观。据云，河豚肉性极韧，非刀法高明不能切割。吃河豚生鱼片的作料与一般河鱼的甜酸黄酱相同。想到梅尧臣诗那句"庖煎苟失所，入喉为镆铘"，难免胆战心悸。看到我们犹豫的表情，那位侍应生说，河豚的毒只在内脏里，而在日本卖河豚是需要特别执照的，何况这家"五十岚"已有二三十年的营业历史了，他劝我们尽管放心去吃。果然，河豚肉做的生鱼片爽脆鲜美，非其他鱼肉所能比。至于做火锅用的河豚，则带皮连骨，盖为切鱼片余下来的部分。在沸滚的汤里涮烫，蘸着特别调配的作料吃，鱼皮肥厚，饶有胶质，而肉则滑嫩，在有冷气设备的夏季里，脸上迎着锅里冒出的蒸汽，品尝这别致的河豚火锅，的确是一大享受。所遗憾者，东坡讲究煮鱼之法[1]，我们所吃的河豚生鱼片及火锅未必得其法，也只有从眼前的美食遥想古人之风雅了。

在日本住久了之后，难免思念家乡口味，京都毕竟不如大阪与东京，中国菜馆比较少，烹调手艺也稍差。坐落于四条大桥畔的四

---

[1] 见东坡文《煮鱼法》。

层楼洋房"东华菜馆"算是数一数二的北京菜馆了。在我游学京都期间，受到许多人的关怀与照顾，六月里父母欧游回来路经京都时，曾特别为我在"东华菜馆"摆一桌酒席回谢他们。订酒席时，那位山东籍的老板问我："您订多少钱一客的酒席？"这使我很惊讶，中国菜是论桌的，哪有算一客多少钱的呢？大概那位老先生在日本住久了，入乡随俗，所以也就采用这个东洋式的算法了。后来我要求看菜单时，他又说："您放心吧，咱们都是中国人，一定客气的！"倒非我不相信他，只是过去每当请客时，我总习惯先看看菜单，而这在国内也是很普通的事情，并不足以表示对餐馆的不信任。老板拗不过我，只好叫领班的开了菜单来。那菜单上的十道菜里倒有三道是鸡。我虽非烹饪能手，但也知道酒席上应该避免太多的重复，所以要求把其中两道换成烤鸭和海鲜。老板总算因为我是中国人，给了我最大的面子，都答应了。十月不知家乡味，我对慕名已久的"东华菜馆"抱着很大的期望。然而，事实使我非常失望！当天的菜，无论烹调与布置手艺都只能算是二三流的，尤其令人沮丧的是那一道"北京烤鸭"，端出来时，鸭皮连着鸭肉，切得厚厚大大，排列也极不整齐。没有薄饼，却代之以冰冷的馒头。作料除酱和葱段外，尚有洋葱与黄瓜片！差堪告慰的是每盘菜都相当丰富，足够一桌半的客人吃饱。我们三个做主人的都感到坐立不安，在座的日本客人却都吃得津津有味，赞不绝口。也许我们以国内的标准求诸京都是太苛刻了吧。一流的"东华菜馆"尚且如此，遑论其他。这一顿饭所费总共五万日元。

在京都的外国餐馆中，"万养轩"也是很有名的。这家以正宗法国菜为招牌的餐馆在最繁华的四条。如今二层楼的房子虽已古旧，却是数十年前全京都市内唯一够水平的洋房呢。踏进自动的玻璃门内，室内铺满紫红色的地毯。门口永远站着两个制服笔挺、戴白手套的男女侍应生。他们会笑容可掬，斯文有礼地接去你手中的东西，替你脱下外套，然后领着你到预订的桌上，或为你找一个合适的座位。这里无论昼夜，始终保持光线柔和，高高的屋顶下垂着巨大的水晶灯，更增添豪华的气氛。室内的设计正是路易十四时代的法式趣味，走道壁间里摆设着精致的瓷器和古典的玻璃杯子。据说"万养轩"的主人曾留学法国，专习烹饪。创店以来，无论一汤一菜，甚至面包、甜点都完全依仿法国式口味。如今主人已故去，店务由其女公子主持。这位皮肤白皙、娇小而高雅的中年妇人经常穿着与其他女侍应生同样的制服，来回巡视于各餐桌之间，对熟悉的客人她常会自动上前招呼，但态度温文，辞令不亢不卑，往往使客人觉得能得到她的青睐是一种殊荣。京都的西餐馆颇不少，"万养轩"的声誉却能历久而不衰，一则以其传统的地道口味，再则认真的经营方法恐怕也是主要因素吧。

像世界任何地方一样，在第一流的餐馆里可以获得豪华的气氛、殷勤的招待与够水平的佳肴，但是识途老马宁愿花费较少的钱，得到更实惠的享受。京都的大街小巷里，尤其在祇园先斗町一带那些狭窄的弄堂里有数不尽的小吃店，而一个京都的老饕客会告诉你：在哪儿你可以吃到够味的寿司，在哪儿你可以尝到不含糊的鳗鱼。"重兵卫"的寿司、"权兵卫"的汤面、"平八"的什锦火锅、"锦水亭"的笋料理、"洗月庵"的鹑蛋面、"尾张屋"的荞麦面等，这些料理店多数具有浓厚的庶民趣味，你可以随时从容轻松地进去，叫一两样喜欢吃的东西，所费无几，而享受良多。在这些料理店之中，最饶情调的该数先斗町鸭川畔那些栉比林立的纯京都风格的饮食店了。它们都是古老的日式木屋，紧靠着鸭川建筑，客人坐在榻榻米上，可以边吃边听潺潺的水声。多数的店在正屋之外，又搭伸木板台子在河岸积石之上，叫作"床"。这些"床"都是露天的，专供夏夜纳凉之用。先斗町为京都著名的花街，舞伎与艺伎集中此区。闷热的夏夜，这种"床"便成为宴客的好场所，灯光水影与星月互辉，三味线的弦音伴着艺伎的歌声，岸边送来习习凉风，使整条的鸭川散发出惑人的妖娆气氛。这样的情调只有在京都才能看到。

谚云："吃中国菜，住美国房子，讨日本老婆。"我们的菜肴不仅为国人所引以为荣，同时几乎也是全世界的人所一致赞美者，然而，就如同住久了铺设地毯、有空气调节的新式洋房后，偶一见茅顶砖墙的田舍，你会不由得产生亲切自在的感觉；又如同与娇柔温顺的佳丽处久后，见得谈吐文雅、落落大方的女性，你会禁不住起思慕之情一般；在偏尝浓腻之后，清淡的日本菜给你的意境是截然不同的。何况京都的菜肴原本不仅只为满足人们口腹之欲，它是需要同时用眼睛去欣赏、情趣去体会的。如果你能用参观庭园古刹的悠闲心境去享受京都的食物，那就对了。

十二段家左京区分店

我所认识的三位京都女性

在日本各地方言之中，京都腔是大家公认为最柔弱的，它给人的感觉就如我国方言中的苏州腔，男人讲起来颇嫌缺乏大丈夫气概；可是女人说着却悦耳动听，饶有韵味，所以许多日本人都喜欢听京都女性说话。京都也是一个产美女的地方，当地妇女以皮肤白皙、肌理细腻著称。又由于京都千余年来一直是文化的古都，所以地灵人秀，那儿的女性也多数有温柔优雅的风姿。可是在优美的外貌及娇弱的口音之外，京都的女性往往有强烈的个性与热烈的感情。在京都住了将近一年的时间，我和三位女性交往较深，从她们那儿，我看到了京都女性的真实影像。这三位女性的年龄不同，身份有别，却都是我异乡生活那一段日子里的知己。如今我虽已回到故乡，和家人在一起，感情至今不忘，而当我执笔记述她们时，心中是充满了怀念的。

秋道太太

认识秋道太太是在我抵达京都的第一天。记得那是一个枫叶初转红的星期日中午，热心的平冈先生把居所尚无着落的我带到"十二段家"——左京区名料理亭之一。我在京都的第一顿饭便是在秋道太太的店里吃的。"十二段家"是一家颇具古典风格的日本餐馆，而它的女主人秋道太太给我的第一印象也是典型的京都女性偶像。她是一位中年妇人，虽然并没有沉鱼落雁的美貌，但是她那一身素雅的和服装扮，以及和蔼亲切的仪态另有引人之处。从平冈先生那儿获悉我是别夫离子只身来异乡游学的中国女性后，她先是睁大了眼睛惊讶，继之则对我表示感佩与同情。平冈先生介绍我们认识，希望往后秋道太太能在日常生活方面帮助我，照拂我。我是一个看来细心，实则有时极粗心的人。我拎了一只皮箱来到一个完全陌生的地方，只凭一封介绍信找到了人文科学研究所的地址和平冈武夫教授的研究室，却没有预先安排住宿处。秋道太太知道了这情况之后，又替我十分着急，答应代我留意。于是只好暂时在旅馆里订了几天的房间，第二天开始四处去找寻出租的房屋，可是往往不是房租太贵，便是地点太偏僻，适当的房屋很难找到。正在失望和焦急的时候，秋道太太忽然打电话给我，要带我去看一个地方。依约赶到"十二段家"门前时，却见她从店里慌急地跑出来，脸上不施脂粉，穿着一件旧洋装，两只湿的手还在白色的围裙上不停地擦着，和我昨天看见的严妆模样全不相同。她一面掠着散乱的头发，一面说："请原谅我这副狼狈的样子，正在厨房里帮忙哪！"当我们看完房子时，天色已黑，为了报答她的帮忙，我想邀请她一起吃晚饭，但她说这是生意最忙的时候，她必须再赶回店里工作去。虽然后来我租定的房屋并不是秋道太太介绍的地方，但是她的盛情隆意，使我铭记于心，难以忘怀。

"十二段家"距离人文科学研究所和我的住宿处只有步行二十分钟的路程。我生平第一次独处异乡，图书馆闭门后的时间对我来说是漫长而寂寞的，而秋道太太在店里的客人散去后也常有休闲的自由，于是我们有时相约聚叙。多次的长谈，使我们之间的认识更深，我喜欢她爽朗坚强而又多愁善感的个性；她则被我对京都的倾心与学习京都腔的热诚所动，不到一个月的工夫，我们已成了莫逆之交。

秋道太太自幼生长在祇园区，那儿是保留京都古典气氛最浓厚的区域，所以她的思想和言行也最能代表京都女性的特色。虽然她受过战前日本妇女的最高教育——女子专科学校，而酷爱古典文学，却因为家庭背景的关系，不得不继承这份餐馆的事业。她告诉我，在战时及战后那一段艰苦的日子里，她和秋道先生曾经怎样胼手胝足、惨淡经营这家餐馆，而为着哺育三个孩子，她更是怎样身心交瘁地操劳过。他们夫妇费了整整十年的心血，才使一度几乎中辍的店务稳定下来。四年前，他们向银行贷款而修筑了北白川通的这一家分店。如今，两家餐馆的业务一天比一天昌盛，秋道先生主持丸太町的老店，而她自己则主持分店。他们的三个儿子也都已长大成人，先后考入了大学。她骄傲地伸出一双指节粗壮的手给我看，那双手像男人的一般大，每一条粗糙的纹路都代表着过去日子里奋斗的故事。那双手绝称不上美，但它们不仅可以做种种粗活儿，同时也可以做细致的缝纫和刺绣，精于茶道，而又写得一手端庄的毛笔字。在日本的女性当中，我很少看到一位像秋道太太那样不断力求上进的例子。她能阅读艰涩的古典文学作品，也能朗诵《万叶集》和《古今集》中的许多美丽诗篇，她用古文写日记和信札。人文科学研究所东方部的春秋二季学术演讲是对外公开的，秋道太太便是极少数的所外必到听众之一。这种专题演讲相当冷僻，听众并不十分踊跃，据说一度曾考虑辍止过，但在例会上讨论这个问题时，有一位学者竟以这个演讲会能吸引料理店的老板娘前来听讲为理由，而坚持使其持续下去。我曾经和她并肩而坐，聆听过两次演讲，她听讲时非常认真，有时记大纲，有时甚至录音，至于演讲的内容，她倒不一定能全部了解，却坚信那是使自己不断接触文学气氛的好机会。

对于京都的风雅节令行事，她同样也不肯错过。承她的盛情，在京都居住的那一段日子里，我曾经和她共赏过岁末的"歌舞伎"表演、春天樱花节的"都舞"、夏天的"祇园宵山祭"，以及"文乐"（又名净琉璃，为日本傀儡戏）和一场契诃夫的"海鸥"舞台剧。她从小酷好古典戏剧，对许多剧本十分熟悉，于役者的演技也颇能批评。和她共赏戏剧是挺有意思的，她是一位感受性极强的人，观剧时常见她不停用手帕拭泪；观完后，为了不愿意破坏感动的气氛，我们都不喜欢立刻讨论批评，总爱挑一些静僻的小弄堂散步一会儿。那次观"都舞"后，她带我走过古趣洋溢的石板小径，墙头的垂枝和路边的苔痕，以及长长的石板路，至今印象犹深；"文乐"之夜，我们在寂静的御所（日本故宫）庭苑漫步，那晚夜雾迷蒙，寒月残星，也令人难忘。我总爱把手插在她那宽大的和服袖里，我们一面散步，一面谈天，对于看得懂听得懂的部分，我们常热烈地讨论争执；我不能接受的部分，她则仔细为我解说。我能在短短的不到一年工夫里接触一些日本的古典和民间戏剧，秋道太太给我的帮助实在最大。

虽然秋道太太已是一位五十开外的妇人，但是她从来不承认自己是初老之身。说实在的，她倒是处处保留朝气的。初冬的一个傍晚，她打电话到我住宿处，要我马上到"十二段家"去，她说有一样"极珍贵的东西"给我看。我连忙雇车赶去，她已站在寒风中迎接我了。掩不住喜悦和兴奋之情，她拉我到二楼那一间她自己最喜欢的"紫之间"。拉开纸门，赫然有一座高及人腰部的"文乐"人形傀儡安置在房里。她等不及我赞美，就要我端详那逼真的脸庞，要我轻抚那绚烂的织锦带，又要我把手伸进人形傀儡的身子里，模仿文乐役者的动作。告诉我，那一座人形定制已月余，花费了日币四十余万日元。她的豪举令人惊叹，她解释道："这是我少女时代以来的梦想。我从小喜欢看'文乐'，一直想自己拥有一座人形。从前穷困，买不起，每次观赏'文乐'后，总是羡慕不已；如今苦日子已挨过，我用自己血汗赚来的四十万日元买一个梦，不算太奢侈吧！"秋道太太有很多的梦：她的梦有时是一条华丽的织锦带，她把它买回家当作艺术品欣赏；她的梦有时是一面屏风或一轴字画，她心爱的这些东西都展列在那间"紫之间"里；但是，有时她的梦只是想出去呼吸一口新鲜的空气。去年深秋时分，她提议去看洛（日人称京都为洛）北部区高雄的枫叶。于是我们和平冈教授夫妇四个人雇了一辆车，清晨六时直奔高雄山腰。晨曦里，满山深浅的红叶，和那吸入肺里尚觉清凉的空气，委实教人留恋！又有一个初夏的清晨，我听见楼外有人哼着熟悉的歌。打开窗子下望，是秋道太太倚在那石桥畔，她穿着一袭淡色的夏装，笑着向我招手，并示意要我下楼。就那样，我被拖了去参观圆山公园的牵牛花晨展。揉着惺忪的睡眼，我怪她扰人清梦，她却说："牵牛花是见不得阳光的，看完花展，你可以回去再从容睡觉呀！"如今想起来，假如不是秋道太太好奇，我恐怕将永远不会晓得牵牛花竟有那么多的种类和那样丰盛的生意了！她又带我去参观过庶民风味的露店"清水烧"（为京都有名的陶瓷器）展览，劝我不要错过欣赏"壬生狂言"（每年四月末在壬生寺举行的狂言表演）、"大文字烧山"（每年八月十六日晚点燃大文字山等京都四周的五座山，作为祭祖的最后节目）……似乎生为京都人，她有无上的骄傲，同时也希望我能于有限的时间内尽量多认识京都的风貌。京都是一年四季被大小各种节日行事占满的都城，于是认识了秋道太太之后，我不再有空闲独处小楼咀嚼异乡的寂寞了。

对于一个餐馆的女主人而言，这些风雅之事实在是秋道太太忙里偷闲的最大享受了。像京都一般餐馆的女主人一般，平日里她是十分忙碌的，虽然她的"十二段家"有男女工作人员十余名之多，她自己却经常系着一条白围裙杂在厨房里操劳着，她的处世哲学是："如果你要别人甘愿为你工作，自己就得先做个榜样；只有能干的主人，才能留得住能干的工人。"她自己的饮食总在工人们吃完之后，有时工作过忙，就会错过进食时间，因此她的胃有毛病，稍一纵饮，即卧病三数日。但是在朋友宴聚的场合，她又不愿使大家扫兴。看了她的热情和她饮酒后的痛苦，我禁不住联想起川端康成笔下的驹子（《雪国》的女主角）来。她常常忘记自己只是一个血肉之躯，过度的操劳和多方的兴趣往往使她透支体力而病倒，而在病床上，她的软弱便全部暴露出来了。她会想到死，想到生命之无奈。有一回，她病得较重，我带着一束鲜花去探病，她睁着深陷的双眼对我说："我不要死，我不能死啊！我们修建这个店铺的贷款还没有还清，我的三个儿子也还没有大学毕业，我还有许多的义务未尽……"说着她竟流下眼泪来。我只有像哄孩子似的轻拍她的肩膀。

我离开京都的前几夜，秋道太太约我在晚上九点钟以后去"十二段家"找她。那时候客人已散，工人在收拾店面之后也陆续离去了。我们在"紫之间"剥着新上市的毛豆吃，喝着她特别为我保存下来的乳白色浊酒。那一晚，我们都充满了离情别绪，她告诉了我许多许多个人的秘密，她奇怪为什么自己会对一个认识不及一年的外国人吐露心事？难道人与人之间真有不可思议的所谓"缘分"吗？

离开京都已经有四个多月了，秋道太太给我的书信也已超过了十封，每回展读她那清秀的毛笔字迹的信，我又如同看到了那一张辛劳的却又兴致勃勃的脸。有些女人是超越年龄和面貌，另有一种吸引人的力量的。认识了秋道太太之后，我可以肯定这句话了。

那须小姐

那须小姐是平冈教授的女助手。当平冈先生把她介绍给我的时候，附加了一句："我这研究室里很少有女性研修员来，有许多事情如果不方便找我的，请你尽管和那须小姐商量吧。"于是，从那时起，我便不断地给那须小姐增添麻烦，她不仅带我去图书馆接洽借书及影印诸事，还陪我在京都市中团团转着找我的住宿处，她也同时成了义务向导，为了我的缘故，往往同样的风景或节目要一看再看。但那须小组绝不是温柔得没有个性的女孩子，如果不是那段日子里几乎和她天天相处，我可能也不会知道除了那白皙的皮肤、娇小的身材和可爱的脸庞之外,她还有那样坚忍的个性呢。

她是战后受过大学教育的女孩子,专攻社会教育,却到这个充满了古老书籍和学术气息浓厚的人文科学研究所来。平冈先生是一位做事认真而要求严格的学者,前几位女助手都因不堪其任而半途离职,那须小姐以一个外行者竟然继续了五年的现职,从这一点便可以想见她的好强和能干了。一般来说,日本女性职员的地位仍然显得较男性为低,例如那须小姐:她每天早上要在平冈先生来到研究室以前扫好地擦好桌子,洗濯毛巾换好花瓶的水,并煮好茶水等诸杂务。平时她的工作是为平冈先生查资料、做研究卡片和誊写稿纸等。积五年的工作经验,她翻查字典有惊人的速度,比任何人(包括平冈先生本人在内)能更快地在那研究室里杂乱的书堆中抽出想要的书。最令人佩服的就是她那静坐几小时做整理资料的耐性了。如今,平冈先生虽偶尔也会对她的小疏忽唠叨几句,但是相信那须小姐对他的研究工作已是一位不可或缺的重要助理了。尤其近年来,平冈先生在研究所里主持每星期五的"白居易共同研究",那须小姐除了事先得把平冈先生交代的资料做剪贴抄写等整理工作外,还要写成复杂的校勘表交由照相馆去影印复制,散发给每一位参加的研究员。而在两小时的研究会期间,她尚得端着托盘,照拂大家的茶点。她调制的柠檬红茶十分考究,是研究所里闻名的。更难得的是,她分送红茶时,对每个人的口味嗜好十分清楚,所以怕胖的人不会喝到太甜的,而爱吃甜的人也总不会嫌太酸。

那须小姐虽有可爱的外形和聪明才能，可惜她年近三十仍待字闺中，甚至目前尚无较亲近的男友。起初这一点颇令我不解，后来从谈话中得悉：她的家庭环境不十分好，父亲早故，寡母一手抚养了三个子女，而她有一个患小儿麻痹的妹妹，前年才死去。如今母亲年纪大，在家操劳家事，而日常生计全依她和哥哥二人的收入。她自己所选择的这份工作收入既微，又整日与书籍及老学者为伍，甚少有年轻人的社交关系，加之以她自己的才智以及平日所接触者皆是人才中之佼佼者，一般青年人恐怕不能教她心折敬爱，因此才一年年蹉跎至今。她日常往返于家和研究所之间，为着打发休闲的时间，也像一般日本女性一样学习茶道、花道和习字。而她所学的这三种艺术在平冈先生的研究室里都可以有表现的机会。那一间大小不及十席大的研究室中，书籍和资料档案占据了三分之二的空间，显得零乱无序，但是日日更换的鲜花使阴暗的房间倍添几许生趣。在平冈先生书桌旁有一个小柜子，里面放置着日本茶道用具，在平冈先生喝腻了咖啡和红茶的时候，他会想啜饮几口浓浓的抹茶（日本茶道不用茶叶而用茶粉），于是那须小姐便会搬出那一套茶碗、茶筅等道具来表演一番。有时她会准备好三份甜点，打电话到楼上的图书室邀我下楼来参加他们的午茶。寒冷的冬天，我们三人围着电炉取暖，品茗谈天，消磨上半小时，使紧张的神经得以暂缓，然后各自回到自己的工作，小小一杯茶竟有无比的功效，而对于一个异乡人来说，那份细腻亲切的关怀所带来的温暖，又岂是笔墨所能形容的呢。一般说来，日本人写的汉字都不能教人恭维，但是那须小姐替平冈先生抄写的字迹十分端正可观。为了更求上进，去年开始，她又参加了一个习字班补习，而在第一次的书道展览会里，她所写的白居易诗句竟然入选了佳作。为了表示鼓励，平冈先生也破例去参观捧场了。

　　日本人上班都是自备午餐的，那须小姐中午约有一小时的休息时间。有一天，午餐后我们在研究所里院的草坪上晒太阳，我忽然想到为什么不利用这段时间教她学中国话呢？平冈先生是专研中国文学和哲学的，他自己能说一口流利的中国话，而五年来在他的研究室工作的那须小姐完全不懂中文，这是既不方便又不合理的。我这个提议，她马上接受了。从第二天开始，我们便一起午餐，餐后我教她中文。我们从注音符号开始，以避免一般日本人从罗马注音学中文的一些发音上不正确（罗马音注音往往使声母带有浊音，如 b、d、g）。我们读书的方法很随便，不拘形式，有时在研究室里，有时在草坪上，也有时在咖啡馆里；时间长短也不一定，但有一个原则：不能让平冈先生知道。那须小姐有一个愿望，她想一直瞒着平冈先生学习中文，等到她辞职的那一天，要用流利的中国话向她的上司告别，使平冈先生吃惊。因此，我们总是利用平冈先生回家午餐的时间，或他去开会的时候才在研究室里读中文。有几回，平冈先生破例提早回来，我们慌张而狼狈地收拾课本，假装若无其事。平冈先生颇觉诧异。那须小姐很聪明，也很用功，她的中文进步得很快，两三个月工夫，已能说简单的字句，听懂日常惯用的会话了。她虽然有意保守这项秘密，但是对于已具的能力却无法掩饰。有时候平冈先生和别人说中国话而需要她去找一些资料，她的耳朵接住了几个已懂的字句，再运用一部分猜想，往往在平冈先生改用日语盼咐之前，早已将所需要的东西取妥了。事后她告诉我："今天真险，差点儿露出马脚来！"终于有一天早晨，我走进平冈先生的研究室时，那须小姐涨红着脸迫不及待地说："不好了，平冈先生早就知道了呢！"我被突如其来的这句话弄糊涂了。原来，那天早晨，平冈先生出其不意地问："那须小姐，你的中国话到底学得怎么样了？"我们自以为保密工作做得很好，岂知近来许多鬼鬼祟祟的举动和那须小姐一些不寻常的反应早已引起平冈先生的注意了。他说："其实我老早可以揭穿的，只因为看到你们津津有味地藏着秘密，也就不忍心太早说出来罢了。"我们听后大笑，同时也感到如释重负般轻松，毕竟隐瞒秘密是不容易的啊。从那天以后，我们可以堂而皇之地在平冈先生面前用那须小姐已会的中国话交谈。偶尔有些中国学者或不会说日语的西方学者来到平冈先生的研究室时，那须小姐也会运用有限的中文词汇，再配合自己的机警，顺利地办成事情。为着日后的自修方便，在我离开京都之前，我把那本教科书的后半部分灌制成录音带留给那须小姐。她曾经一再向我保证，一定要学好中国话。以她的聪明和好强，我相信她必不会使我失望的。果然，在最近给我的信里，她有时写几句中文报告近况,字句尚称通顺。我庆幸自己在日本的短短一段日子里,至少做了一件有意义的事情;不过,在另一方面又不免对平冈先生抱歉,今后他不再能在那须小姐面前用中国话和别人商讨一些较机密的问题了。同时,我所担心的是,多具备一项技艺才能,对那须小姐而言,是否更妨碍了她的终身大事呢?

离开京都那一天,那须小姐说什么都要送我到车站。在从人文科学研究所到京都车站那一段长长的路程里,我们心中都有难以言喻的依依,但是大家都避免触及感伤的话,而尽量找些轻松的话题,借以掩饰内心的激动。火车快驶入车站时,她祝我一路平安,而当我说"愿你能遇到一位很好的男士,祝你幸福!"时,她再也忍不住夺眶而出的眼泪,却又倔强地把头仰起,不使泪水流下。在模糊的视野里,我看到她娇小的身影,不停地向我挥手。

我的日本保姆

我管下平太太叫作"我的日本保姆",并没有一点夸张的意思。秋道太太和那须小姐虽然是我在京都时的两位知己好友,但是她们的家离我住宿处毕竟有一段距离,我不能每天和她们见面,而下平太太则是住在我楼下的房客,我又与她共享一个厨房,所以没有一天不见面的。她是一位六十多岁的老太太,胖胖的身体腰围处显得特别突出,斑白的头发剪成男人西装头型,由于曾患牙床疾病而失掉了大部分的牙齿，说话时只见下面的两颗门牙。她永远穿着宽宽的长裤和她儿子的旧衬衫，所以常被人误认作男人。

他们母子比我迟两个礼拜搬入那幢日式木屋的楼下。在日本分租房子是很普通的事情，而房客之间通常互不干涉、互不关怀的情形居多。由于原来住楼下那两间房子的一个小家庭对我十分冷淡，甚至早晨盥洗时见面也不大愿意打招呼。所以下平太太母子搬来之初，我也不便表现太热络，只是维持点头之交的关系罢了。有一天早上我听到楼下轰然一声大响，连忙奔下去看，原来是下平太太没有踩稳上榻榻米房间的台阶而摔了一跤。她肥胖的身体在水泥的长廊上着实地撞了一下，耳后正碰在台阶边上，破了一个洞。我赶忙扶起她，找出从台湾带去的"白花油"，在她的伤口处抹了几滴，轻轻揉擦，使她消除疼痛。她十分感激，打开了话匣同我交谈。从此，我们间的距离也缩短了。

她有一位分居了二十多年的丈夫。由于倔强的个性，她不能忍受另结新欢的丈夫，带着那时刚满两岁的儿子，自食其力，以至于今，把孩子抚养长大。虽然说起来，她的娘家在京都也算得上是破落的世家，而她自己也曾受过中学教育，但是在战前重男轻女的日本社会里，一个已婚有子的妇女是很难谋得一个理想的职位的。后来，在一位好心的老教授推荐下，她在京都大学的考古系办公室里觅得了清扫妇的工作，到明年，她就要工作满二十年了。这许多年来，她每天早出晚归，对工作十分尽责，也十分骄傲。她告诉我，由于在京大文学院里，她是最资深的员工，所以教授和学生们都很尊重她，又由于她待人热心，所以有许多外国留学生喜欢称她为"日本妈妈"。说到这些得意的事情时，她会爽朗地笑出声音，露出下面两颗黄黄的牙齿来。起先，我对下平太太说话时显著的那两颗牙齿有说不出的不舒服的感觉，但是日子久了，慢慢地习惯下来，我可以无视于那洞然的大口、肥大的躯干、不寻常的短发，我甚至发现她有一双明亮慈祥而美丽的眼睛，以及虽然满布皱纹却净白的皮肤。

下平太太的儿子是一个瘦长而相当英俊的青年，据说他是像极了他父亲的。这个二十六岁的男孩子相当沉默寡言，每天睡到近午时分才起身，晚上却总是在午夜之后才回家。下平太太告诉我，她的儿子是一个音乐家，高中毕业后没有再升大学，而从事研究现代音乐，她希望将来能送他到美国去深造。我不知道她所谓的现代音乐是怎么样的，直至夏天到来，由于房间太热，他们把窗门敞开，我进出之际瞥见了那把竖立在纸门边的"吉他"，才明白原来他是一个玩热门音乐的"吉他"手。又有一次，我从大阪搭了最后一班火车回来，无意间看到那个男孩子和一群蓄长发穿着花衣裳的年轻人在深夜的街上闲荡着。回到住宿处，经过楼下房间时，我看到下平太太等倦了门，正倚着纸门打盹儿，那台手提电视机还开放着。我蹑足走过，不敢吵醒了她，心里却很难过。我想到这位老太太二十余年来不知吃了多少苦，花了多少心血才把她的孩子抚养长大。自从失去了丈夫之后，他们母子俩相依为命，她又不知寄托了一个怎么样的美梦在孩子的身上啊！如今，她仍然做着清扫妇的工作，自己省吃俭用，穿儿子的旧衣服，却让他在外面挥霍辛勤挣来的钱。

由于孩子经常出门，下平太太在家的时间多数是伴着电视机的，自从与我熟悉之后，她的兴趣不免又转移到我身上来。我们共享一个厨房，烧饭做菜的时间就自然变成聊天的好机会了。我发觉她与男性化的外貌极不相称，下平太太是一个十足的贤妻良母型女性，对于烹饪的兴趣尤其浓厚。她虚心向我求教学习中国菜，对于我做的红烧肉、炒米粉最为赞叹，也时常送些她自己做的纯京都料理给我。她的酒酿汤（京都名汤，类日本一般味噌汁而酒味较浓者）烧得最浓郁可口。记得有一个冬天傍晚，我上街购物，由于碰着下班时间，挤不上电车而很迟才回去，饥寒交迫，疲倦而又狼狈。拉开木门，却有一股诱人的香味扑鼻。下平太太正站在昏暗的灯光下（她一个人在家时总是舍不得开大灯的）搅动着一大锅酒酿汤。她看到我回来，笑嘻嘻地问我："吃过饭了没有？"又说，"我刚刚煮好这一大锅酒酿汤，你喝一碗再上楼去吧。"她甚至不肯让我把东西拿上楼去，接过我手中大大小小的包裹，就叫我站在厨房里喝完汤。那一碗用肉片、胡萝卜、白菜和大葱等煮出来的酒酿汤又香又热，正是我当时迫切需要的。一口气喝完之后，饥肠充实了，身体也暖和起来。若不是因为矜持，我真想紧紧拥抱她哭出来呢！

在我的感觉中，由于时常陪她聊天，也帮她一些小忙，下平太太在寂寞之余，似乎有些把我当作她女儿的错觉。她初则对我嘘寒问暖，关怀备至，后来慢慢地对我的行动干涉起来了。每当我要外出时，她听到我的脚步声，总会拉开纸门探出头来问我"上哪儿去呀？""什么时候回来啊？"之类的问题。如果我在同一天里外出两次，她就会问我"你又要出去了吗？"。初时，我把她的这些问话当作对我的关切，所以每次总是不厌其烦地一一报告出外的目的、回家的时间，甚至与什么人在一起，等等。次数多了，实在感到困扰，有时就故意含糊其词。下平太太大概也知道这情形，她对我的态度渐渐变冷淡了。尤其在四五月之间，由于大阪万国博览会的关系，许多亲友从台湾去找我，难免有些应酬出游，我在家的时间就更少了。那一阵子，下平太太对我的态度有显著的改变，她故意将做饭的时间错开，避免和我碰面。有一次，我从图书馆回来，她本是站在门口和邻人聊天的，远远地看见我，竟慌张地走进了自己的房间。对于她这种举动，我感觉有些生气，也有些难过。于是那一段时间，下平太太的寂寞只有找邻居老太太们去发泄，而我的空闲时间也只好躲在楼上的房间里听电台播放的音乐了。直到进入六月里，我结束那一段客中做主、送往迎来的日子，恢复了正常而规律的生活，居家的日子多了，下平太太才又逐渐打开僵局，由爱理不理的态度，慢慢地又向我露出友善的笑容来。可惜，到了那时候，我自己在日本居住的期限已近尾声，正有各种事情待办理。我开始忙于利用最后一段时间多跑书店、图书馆，购买书籍，搜集各种资料，又陆续地捆扎行李、书籍先行寄走一部分等诸事。和下平太太从容闲谈的机会已不像过去那样多了。

我去年到京都是从看十月二十三日的"时代祭"开始的，为了珍惜这古都的风雅行事，我决定在看过八月十六日的"大文字烧"才离去。那一天，我和那须小姐相约要穿着她亲自缝制的日式"浴衣"（夏季简便的和服）去看晚间的热闹。京都的盛暑，其闷热有甚于台北。我一个人在楼上忙得一身大汗，仍然穿不好那一袭"浴衣"，最后只有下楼求助于下平太太。她很高兴我去找她帮助，一边唠叨着，一边用熟悉的手法给我穿妥了"浴衣"。然后，又叫我转身给她看，用欣赏的眼光看我，不停地赞美，说我穿上"浴衣"比一般日本妇女好看。我在她的眼睛里看到慈母一般的感情，忽然心头一紧，我曾经是多么傻，和这样一位老太太赌气啊！

翌日清晨，下平太太知道我近午时分要离开京都，特向学校请了假。她头一天晚上已预先叫我不要自己煮咖啡吃面包。下楼洗漱完毕时，她端了一个托盘出来，上面有一碗热腾腾的味噌汁、两个饭团和一点酱菜，那是纯日本式的早餐，是她一大早起来为我做的。她像母亲一样地嘱咐我："要吃得饱一点，路上才会有精神哪。"我接过那托盘，说不出一句感谢的话，却认真地哭了起来，把汤都洒了出来。下平太太说："别哭了，别哭了，傻孩子。就要回去和你家人团聚了，哭什么呢！"我看到，她眼中也有闪亮的东西。

京都『汤屋』趣谈

今年二月间，我的十三篇有关京都的游记杂文由纯文学丛书代为结集成册出版。那几篇随兴所至而涂的文章，本是为排遣异乡独居的寂寞而写的，没想到出版后，竟也有人对它感兴趣。大阪市立大学的小岛教授在收到我寄给他的书后，曾给我来信说，我对日本庭园的一些试作探讨的意见相当正确，而我介绍京都的古书铺，有些反倒使住所近在咫尺的他感到惊讶。据说有些关西的留学生，以我那篇《吃在京都》一文，作为饕餮的指南。这些消息传来，一方面使我高兴，另一方面也令我不安；因为在京都一年，我所看到的都是表面浮泛的，所写的也都只是个人武断的观点。有些朋友鼓励我继续再写一些有关京都的事物风光。作为一个好奇的游客，近一年的时间里，我的见闻也的确不只那些。由于回来后，教书生活及家务琐事占去了我大部分的时间，所以也就一直没法提笔追叙。前些天，三五好友聚谈，偶尔提及日本人沐浴之事，我讲了一些在京都时亲身经历的趣事。回家后，竟然又一次地触动了对京都的怀念之情，忍不住要提笔追忆。下面就写一些有关京都人沐浴的趣事吧。

日本人管公共浴室叫"风吕屋""钱汤"或"汤屋"。在京都住了近一年的时间，我对她的一切几乎都是喜爱的，所以我存心"入境问俗"：自动而好奇地去观赏古典艺术"能""狂言"和"歌舞伎"；去游览古寺名庭，甚至去尝食河豚生鱼片；唯独对其"钱汤"，始终不能习惯，乃迫于实际需要，不得不"入境随俗"了。如今已时过境迁，回想当时种种，倒也有一些难忘怀的记忆。

在举目无亲的京都，承平冈教授的热心，我总算在距离"人文"（京大人文科学研究所简称）不到五分钟步行路程的石桥町找到了一个分租的房间。我的房东是开"钱汤"的，他们的"汤屋"和住家就在距离我住所二十步内的拐弯角上。我搬入那间二楼向北的日式房间，是在十一月初的时节。虽然远近满山的秋叶已转红，且早晚也颇有凉意，但是在我洗刷清洁，把自己的"小巢"安顿妥善时，已因劳动而出了一身汗，急需好好洗个澡，消除疲劳。可是，我楼上楼下地遍寻，也找不到一间浴室、一个浴槽。我怯生生地问楼下那对年轻夫妇："我们的浴室在哪儿？"他们困惑地相视后回答我："这儿没有浴室。"我只有鲁莽地再问："那你们每天在哪儿洗澡呢？""到房东的钱汤去洗呀！"这次是我感到困惑了。上楼去取换洗的衣服时，我想起过去似曾读过日本人爱好洗公众浴室的记事，没想到自己竟也有真的去洗"钱汤"的一天。

我将衣物、肥皂和浴巾等物塞入一个购物袋中，出门拐个弯儿，就到了那家"银阁寺风吕屋"。浴室的大门是男女共享的，入得玄关，右边地上一堆女用木屐和皮鞋，左边地上一堆男用木屐和皮鞋，可以一目了然，右边是女浴室，左边是男浴室。我脱了鞋，掀开右方那横挡视线的蓝色帷幔，只听见老板娘，也就是我的房东太太，用娇柔的京都口音说："欢迎！"一室肥环燕瘦陡地呈现眼前，多数是赤裸裸的，看得令人目眩心慌。过去，我看过不少人体画，也读过有关天体会的记事，但是亲眼看见这么多肉体，却是生平第一次。虽然她们和我是同性的，仍难免要脸红忸怩起来。

我不知所措地犹豫了一会儿，房东太太告诉我：每次洗澡要先付三十日元。我连忙掏出一些零钱给坐在柜台里的她。她又问我："有没有带自己的洗脸盆来？"第一次进公共浴室的我并不知道脸盆是要自备的，她就借给我一个浴室的公用脸盆。她看到我拿着脸盆仍站在那儿不动，想起了我是一个外国人，所以就从柜台后面走出来，亲切地指导我洗公众浴室的程序。由于大家都是黄面孔，起初我进入浴室时，并没有人对我特别看一眼，这样一来，反而引起大家的注意，我更加局促不安了。原来我所看见的这个大房间只是更衣室，两面墙壁上设有整齐的壁柜，供浴客放置脱下来的衣物，在腰部以上部位并装着一排明亮的大镜。每个人都态度自然地在镜前脱衣、穿衣，甚至有些体态健美的少女一面用浴巾擦身，一面在那儿顾影自怜。下面铺着拭洗洁净的竹席，可以让身上的水滴从竹片缝里流下，以保持地面的干爽。浴客把衣物和大浴巾留在有自动锁的壁柜后，便端着脸盆（里面只放着肥皂、小毛巾等沐浴用品）拉开一扇大的花玻璃门，进入里间的浴室。这一间浴室几乎有一个礼堂那么大，装置三个大浴槽，两池热水、一池冷水，每个浴槽都像儿童游泳池一般大，约可容十人共浴。有两面墙在较低矮的部位分别装置二十来个冷热水龙头，较高的水龙头，一按即有滚热水泄出，较低的是冷水，另外在上方又安装着一架莲蓬头。这两面墙又都贴满一排的镜子，可供洗脸洗头时端详之用。我腼腆地低头进入那烟雾腾腾的浴室，找了个角落蹲下，模仿着别人，用脸盆装满冷热水冲洗着身子。从面前镜子的反照里，我看到老老少少的裸体女性群相，大家从从容容，旁若无人地享受着沐浴之乐趣。有些人三三两两，边洗边谈笑着。这光景使我想起了法国写实派画家安格尔的《浴女图》。只是从前作为艺术的欣赏，如今是眼前一片的实景（尤其当我想到自己竟也参与在那一大幅景象中时），这两种的感受是颇不相同的。

　　依着一般的习惯，每个人先蹲在水龙头前冲洗干净后，便在热水槽中浸泡一会儿，直至热水烫红了皮肤，再骤入冷水槽中暂浸，使毛孔收缩，然后上来再冲洗一番。我实在没有勇气和大家赤裸相对，同时对那一池你浸我烫的公共浴槽，总难消除一种嫌恶感。所以面壁对镜冲洗完毕，便匆匆走出更衣室来。正在笑容可掬地收钱的房东太太看到我很快地出来，大感意外地问我："这么快就洗好了吗？"我一面点头，一面赶快用浴巾裹住了身体，觉得她装扮得整齐地坐在那儿看赤裸的别人是失礼而不公平的。当我穿好衣服，再观看四周时，我发现一个更奇特的事实：她的柜台是设在男女浴室的中间的，这样可以一人兼收男女两方浴客的钱；换言之，所谓男女浴室，仅隔着一堵墙，而墙顶并不连接天花板（大概是为通风方便的缘故吧），这一堵墙延展到柜台前便中断，难怪我一直听见隔壁男浴室传来的谈笑喧哗。想来男浴室那边的情景大致也和这边相同的；那么这位徐娘半老的房东太太，她居中左右顾盼，所看到的景象也必定是一样的。这个联想几乎使我大吃一惊，同时也深深佩服她那种从容不迫的优雅风度了！

以后的日子里，我每天傍晚要花三十日元去洗一次"风吕"，慢慢对此中情景也习惯下来，而不太少见多怪了，但是我依旧没办法像当地人那样地自然适应。对于夏天忍着酷暑为洗一次澡跑出去，以及下雪的冬夜还得打着伞去洗澡，也始终觉得十分不方便。我不解地问日本朋友们，为什么大家不在自己房子里设一间浴室，他们反倒惊讶地问我："难道你们中国人每家都有自己的浴室吗？"事实上，我注意到"汤屋"附近的路边常常停放着自用小轿车，他们宁愿花钱买车子，全家人开车子来公共浴室洗澡，也不愿自设一间家庭的浴室。我也听别人说起，那些自己有浴室的人家，也往往宁愿来公共浴室泡大池子里的热水，他们认为那样子洗澡才痛快。

"汤屋"营业的时间从下午三点开始，直到午夜才打烊闭门。一般来说，以晚上七八点左右最为热闹。从傍晚时分，你可以看见许多人腋下夹着脸盆，拖着木屐悠闲地走向"汤屋"。也可以看见一些洗尽铅华，着一袭"浴衣"（日人浴后穿着的简便和服）的妇女跟你擦身而过，她们身上散发的肥皂香，别有一番"清洁"的诱人魅力。每当遇着这情景时，我总会想起浮世绘名家喜多川歌麿的《游女图》。在今日东京的银座等闹区，已不可能看见这种悠闲而浪漫的情景，只有在京都这些古老的街巷里，江户时代的影子仍留存着。

我住的左京区是一个比较保守而文化气息浓厚的地区。有一回，我拉开里间浴室的玻璃门，迎面看见最靠前的浴池里浮伸着一个光头，几乎吓得惊叫起来，但是满室的浴客并没有一个在意的。后来那个光头站起身子来，我才知道原来她是个尼姑。不过，那是我第一次，也是最后一次和尼姑同浴。据说尼姑都得在庙庵里沐浴的，那个尼姑为什么会到公共浴室来"抛头露身"呢？我至今不解。

又有一个傍晚，我一掀开帷幔走进更衣室，便给柜台里的房东太太拉住，她说："等你好久，你可来了！"那晚"银阁寺风吕屋"的气氛有些紧张，原来是最近常光顾的一个法国妇人带来的骚扰。那位碧眼黄发而身材修长的西方女性，由于她那特殊的外貌，近来一直是大家好奇注视的对象，加以她有些嚣张的态度，更加令人侧目。我前面已说过，男女浴室之间的墙是不到顶的，因此它虽然挡住视线，却可以互相通风，也可以声浪相传。那个法国妇人每回泡在浴池里，总是仰着头向男浴室方向大声叫问，"亲爱的，你们那边水热不热？"或者"你快洗好了没有？"之类的话。她大概认为在这样偏僻的地方是不会有人听得懂她的法语的吧。碰巧我在大学时旁听过一年的法文，她那几个法文单字正好让我认得。不过，我既没有同她打过交道，也没有向别人表示过什么，因为我始终把到"汤屋"洗澡当作一个无可奈何的需要，而且认为这种场合也绝对不是适合社交的地方，因此每回都是来去匆匆。这一天老板娘却拉住我，要我当翻译员。由于那个法国妇人每次总爱把长长的头发连身子一起浸泡在浴池中，而日本人洗公共浴室是只许浸到颈部，却忌讳浸湿头发的，因此有几个当地老太太联合提出抗议，她们甚至威胁老板娘说：再不向那个法国人警告，她们就要罢浴，转向别处的"汤屋"去了。老板娘只会讲日本话，而那个法国妇人又不太懂日语，因此那晚大家一直等着我。这个苦差事我实在不愿做；再者，我也不会说法文啊。眼看着几个愤怒的老太太包围着我的房东太太，同情心油然而起，遂不知不觉地答应了下来。那些老太太指着浴室说："她现在正在那儿泡着身子，你就请过去同她说一说吧。"原来她们指望我即刻脱了衣服进去，赤裸相对地和那法国人议论呢！这使我十分为难，我虽然在京都住了几个月，到"汤屋"来的次数也已不计其数，但是仍然减除不去那一分羞怯的心理，更何况如今要我当翻译员，至少应该像个文明人对文明人的样子吧。她们看我答应之后又犹豫，以为我有意摆架子，我只好解释："这件事我不好冒昧地冲过去警告，因为我自己也只是一个客人哪。我看就这样吧，一会儿等她出来，先请老板娘用日本话和她说说，如果真讲不通，再请你招呼我过去试一试。"于是我就站着等她。约莫十分钟后,那法国妇人才浴毕出来。她一边擦身子穿衣服,老板娘一边就和她比手画脚地理论起来。我远远地看到她一脸迷惑不解的表情,又听见她吃力地蹦出几个日语单字。不久,老板娘果然向我招手了,我看到法国妇人已大体穿好衣服,就走了过去。我用英语先自我介绍,说我是中国人,请她勿介意我做翻译员,然后把老板娘的意思转告了她。这时她才恍然大悟地也用英语说:"哦,原来她说不准浸泡头发呀!"随即又不服地噘起那线条优美的嘴唇说,"这是不合理的,头发跟身体其他部分又有什么差别呢!我每次都是先洗净头发才进池子里泡的。"她出示放在脸盆中的一瓶洗发剂说,"请你跟她讲,我的头发跟我的身体同样都是干净的!"我苦笑着告诉她:"作为一个外国人,我完全同意你的说法。但是今天我们寄住在人家的地方,最好随从人家的习俗。你不知道,为了你这样做,许多本地客人威胁老板娘说她们不再来这儿洗澡了呢!"听我这样说,她感到事态的重大,于是马上改变成谦和的态度,要我向老板娘和大家道歉。同时她告诉我,她和她的丈夫上个月才来京都留学,对日语和日本的风俗还不十分了解,最后还同我握手道谢才离去。房东太太和老太太们也一再地谢我。如此一来,我在这公共浴室里顿时变成了众所瞩目的风头人物,我感到许多人在背后窃窃私语,原先对法国妇人的好奇和注意似乎转移到我身上来。当时我真恨不能可以不洗澡,跑回家去躲避那些目光!

　　日本人的礼仪多是有名的,京都妇女尤其重视礼节,这种现象甚至在公共浴室中也可以见证。我时常看见两个脱光了衣服的中年妇人在里间浴室的门口彼此鞠躬互让，却挡住了别人的进出。又有一次，在我邻近水龙头前淋浴的一个妇人给她的同伴介绍另一个刚进来的妇人，于是只见她们三个人端端庄庄地跪坐叩头，嘴里还说着许多客套的话。当然，她们身上都一丝不挂，这样和陌生人初见面，真可谓"袒"诚相见了。

顾客的时间几乎都是一定的。像我这样来去匆匆且目不斜视的人，日久也会记住几张熟悉的脸孔。有一回，白天里在街上走着，迎面来了一位端丽的女性，亲切地向我微笑打招呼，我也马上机警地回报以微笑，事后却想不起她是谁？她不像我在"人文"的图书馆中见到的女学生或职员，也不像其他经人介绍过的人，因为我在京都认识的人是极有限的，而她的脸如此熟悉。究竟我是同谁打了招呼呢？这问题一直困扰着我，左思右想地走了很长一段路，终于豁然想起，她便是每晚见得到的许多熟面孔中之一啊！只是我们没有交谈过，我不知道她的名姓，也未曾见过她穿着衣服的样子，何况今天她在街上是如此装扮整齐呢！反过来说，有时也会在"汤屋"里碰到一些日常见面的人，譬如在附近餐馆工作的那个有银铃般娇声的女侍、文具店的老板娘、市场里卖菜的少女、卖花的妇人……在赤裸的世界里，看来人是没有什么职业、阶级之别的。然则所谓文明——衣服，或者竟是人类在上帝本系平等齐一的杰作上擅加的种种拘束和标志吗？

「京都一年」以后

离开京都已经六年了。在这六年中间，我曾经又一度旧地重游过，那是四年前参加日本笔会所主办的一个国际性会议。但是为期仅一周，又由于开会日程安排紧凑，身不由己，所以只能利用晚上有限的自由活动时间，与朋友们匆匆晤谈；当地风光，几乎无暇细赏。

六年的时间，不知道应该算长还是算短？却发生了不少变化。

我那一年租赁的房间，面临着疏水石桥，两岸密植樱树。由于靠近京都大学和人文科学研究所，故向来都是学者们早晚散步幽思的好去处，那条银阁寺路，也就另有一个雅致的名称，叫作"哲学之路"。据说，疏水落伍又不卫生，新任的市长已将它改成一条坚实的水泥路；而今，观光客络绎不绝于途，学者们只好退居各自的书房里思想了。又据说，穿梭于棋盘似的干道上那些当当作响的电车也泰半消失了，理由大概也不外乎有轨电车太落伍了吧。

在我所认识的人当中，平冈武夫教授和田中谦二教授先后都退休了。四年前去开会时，顺便过访在京都一年间每日必到的人文科学研究所。夕阳斜照在那一条苍老的走廊上，许多研究室门上挂着的牌子都换了陌生的名字，使我不敢轻易敲那些一度熟悉的门扉。"物是人非"，想不到重临异乡的故地，竟会有这种感觉！只有那位中年的清洁妇还记得我，站在下班后的薄暗楼梯口，同我寒暄了一会儿。

最令我悲伤的，莫过于三年前秋道先生因脑溢血猝逝于东京车站的消息。我认识这位温良忠厚的料理店老板，是因为他太太的关系。秋道太太为我订赠的圆地文子所译《源氏物语》最新语体本，由于那一年出版，每隔两三个星期出两本书，每次都是由秋道先生去书店取来带回家，再由秋道太太转送到我手里的。秋道先生夫妇虽然不谙中文，可是我每出版一本中译本，都用航空寄去，请秋道太太在上坟时带在身边，替我向秋道先生在天之灵致谢。将来全书译毕，我定要亲自到南禅寺的墓地去上一炷香。

生离死别虽然教人无奈，但人间毕竟还是有一些可喜的事情。与我同租一个房子的下平老太太，自我离开京都后，每年至少有一封信给我。两年前，她也已经从京都大学文学院的清洁妇工作岗位退休了。他们母子仍然相依为命，却用退休金另外迁移到一处较宽敞的房子里。她信上说，近来已逐渐习惯赋闲的生活，眼力还不错，所以看看小说、打打毛衣度晚年。我仿佛看到她那肥胖的身躯斜倚在日式纸门边的模样儿。

此外，我所担心的那须小姐的婚事，很高兴也成了我的"杞人忧天"。我再去京都开会时，她和她那位在高中教书的新婚夫婿曾来旅馆看我，还带了我最爱吃的她母亲亲手做的"寿司"。那晚，我们喝了些啤酒消夜，算是为他们补庆婚喜。现在，她已是一个两岁男儿的妈妈了。

至于银阁寺路底，那个我时常去购物的市场里头，卖花的中年妇人、卖菜的一对兄妹、卖鱼虾的瘦老头儿，以及小邮局里笑容可掬的少女，还有许多当时天天看见的不知名的脸孔呢？不知道他们可都安好？此刻，我忽然好想念他们，心中又温暖又悲凉，是一种奇怪的滋味。

这些本来好似已经遥远了的事情，今晚又都变得亲近起来，只因为知道《京都一年》这本游记即将出第三版了。这一次，我另外加入一篇《京都"汤屋"趣谈》。这篇文章是在此书结集出首版以后所写的，让它孤孤单单站在外边，总觉得于心不忍，趁这个机会使它归队，得着一个适当的庇身之所吧。又，原插于文中的图，也改为彩色集中于正文前，这都是该向读者说明的。

一九七七年七月二十五日　灯下

在喧嚣的世界里,
坚持以匠人心态认认真真打磨每一本书,
坚持为读者提供
有用、有趣、有品位、有价值的阅读。
愿我们在阅读中相知相遇,在阅读中成长蜕变!

好读,只为优质阅读。

京都一年

策划出品:好读文化　　装帧设计:果　丹
监　　制:姚常伟　　　内文制作:果　丹
产品经理:罗　元　张　翠　责任编辑:周　杨

图书在版编目（CIP）数据

京都一年 / 林文月著 . —— 北京：北京联合出版公司，2023.5
　ISBN 978-7-5596-6694-9

Ⅰ.①京… Ⅱ.①林… Ⅲ.①散文集 – 中国 – 当代 Ⅳ.① I267

中国国家版本馆 CIP 数据核字(2023) 第 029071 号

本著作物经北京时代墨客文化传媒有限公司代理，由三民书局股份有限公司独家授权，在中国大陆出版、发行中文简体字版本。

京都一年

作　　者：林文月
出 品 人：赵红仕
责任编辑：周　杨

北京联合出版公司出版
（北京市西城区德外大街 83 号楼 9 层 100088）
北京联合天畅文化传播公司发行
北京美图印务有限公司印刷　新华书店经销
字数 136 千字　840 毫米 ×1194 毫米　1 / 32　7 印张
2023 年 5 月第 1 版　2023 年 5 月第 1 次印刷
ISBN 978-7-5596-6694-9
定价：49.80 元

版权所有，侵权必究
未经许可，不得以任何方式复制或抄袭本书部分或全部内容
本书若有质量问题，请与本公司图书销售中心联系调换。电话：（010）82069336